*federleicht und **felsenfest***

Mein ganz besonderer Dank gilt Kristina Koebe
für die Hilfe an diesem Buch.

Annette Brandstäter

federleicht und **felsenfest**

Bibliografische Information der Deutschen Nationalbibliothek:
Die Deutsche Nationalbibliothek verzeichnet diese
Publikation in der Deutschen Nationalbibliografie;
detaillierte bibliografische Daten sind im Internet über
http://dnb.d-nb.de abrufbar.

© 2012 Annette Brandstäter
Kontakt: info@federleichtundfelsenfest.de
Illustration: Dirk Oberländer, www.doberlander.com
Satz, Herstellung und Verlag: BoD – Books on Demand
ISBN: 978-3-8448-9305-2

Inhalt

Warum ich meine Geschichte erzählen möchte   7

Die Geschichte von Krankheit und Heilung   11

Die Diagnose: Panik, Ängste, Verzweiflung – und Mut   12

Einschüchterndes Expertenwissen   33

Es gibt einen Weg – und der führt zu mir selbst   41

Eine neue Sicht auf mich und meine Krankheit   47

Ich werde gesund – in vielen kleinen Schritten   53

Von Wegen und Zielen   59

Die Geschichte meiner Gefühle   71

Angst, Wut – und Hoffnung   72

Leben und Tod   79

Selbstliebe   86

Wie soll mein Weg weitergehen?   90

Heute ist der schönste Tag meines Lebens   95

Was mir guttat und guttut   101

Wie finde ich heraus, was mir guttut und was mir hilft?   102

Ernährungsumstellung nach Johanna Budwig   107

Meditation und positive Affirmationen   111

Visualisierung   113

Psychologische Betreuung   115

Dinge, die mir guttun oder guttaten, im Überblick   119

Anhang: Bücher, die mir geholfen haben, nicht in Angst und Panik zu verfallen, an meine Heilung zu glauben und selbst etwas dafür zu tun   123

Danksagung   134

Warum ich meine Geschichte erzählen möchte

Meine erste Reaktion nach der Diagnose war Angst – unglaublich große Angst und unendliche Panik. Niemand machte mir anfänglich Mut. Mein Leben war bedroht. Nachdem ich mit statistischen Zahlen konfrontiert wurde, fühlte sich alles nur noch aussichtslos an. Und ich mich unendlich kraftlos. Der Tod, das Tabuthema schlechthin, stand plötzlich da. Alles brach irgendwie zusammen. Ich tat mir selbst leid, war wütend, hatte Angst; Angst vor Schmerzen; Angst, ausgeliefert zu sein; Angst, das Krankenhaus nicht mehr lebend zu verlassen.

Erst nach einer ganzen Weile verstand ich: Statistiken sind Zahlen, haben nichts mit mir persönlich zu tun. Ich muss mir meine Kraft zurückholen und die Verantwortung übernehmen, denn ich allein bin verantwortlich. Ich allein entscheide, wie und womit es weitergeht. Ich bin verantwortlich dafür, mir alle Informationen zu beschaffen, die ich brauche. Als mir dies klar wurde, kehrte meine Kraft zurück. Mir war klar, dass meine Heilung kein Selbstläufer sein werden würde. Aber dass ich eine Chance hatte, wusste ich nun auch. Was folgte, war ein Dialog, der bis heute anhält, ein Dialog mit meinen Ärzten, Therapeuten, mit Menschen, die Ähnliches erlebt hatten, mit Menschen, die mir nahe standen. Schon schnell war klar: die konventionelle Standardtherapie wird mich nicht heilen. Aber ich will leben. Auch heute, Monate nach dem ersten unauffälligen Befund nach meiner Erkrankung, gibt es keine Garantien – aber ich spüre instinktiv, dass das Jetzt, der heutige Tag zählt. Und fühle mich so wohl, wie schon lange nicht mehr.

Ich glaube, dass es in der Medizin als Lebensbereich in naher Zukunft immer mehr um einen Dialog zwischen allen Beteiligten gehen wird, wie ich ihn selbst im Kleinen geführt habe. Um die Ausbalancierung unterschiedlicher energetischer Ebenen. Es wird hoffentlich bald keine Standardtherapie mehr geben. Alle Menschen sind einzigartig und verdienen es auch, so gesehen zu werden. Ich möchte Menschen Mut machen, ihnen sagen »Glaubt an euch, vertraut euch selbst!« Informiert euch nicht nur, wenn ihr etwas kauft, sondern wählt auch aus verschiedenen Optionen aus, wenn ihr erkrankt seid. Habt keine Angst vor vielen verschiedenen Informationen. Bedient euch der Geschichten anderer Betroffener, unabhängiger Einschätzungen, eures gesunden (!) Menschenverstandes. Sucht nach ganzheitlichen Ansätzen. Wir haben das Recht zu wissen und zu wählen. Das Recht einen eigenen Weg zu gehen. Und so erzählt dieses Buch eigentlich die Geschichte meines Crashkurses unter dem Motto: »Will ich wirklich leben?«. Eine Geschichte, von der ich glaube, dass sie viel Allgemeingültiges enthält, dieses aber durch mein sehr persönliches Erleben nachvollziehbarer und glaubwürdig wird. Ich möchte niemanden belehren, zumal ich weiß, dass es für ein Verstehen Interesse und Offenheit braucht. Aber ich weiß, dass viele Menschen, nicht nur jene, die selbst an Krebs erkrankt sind, in schwierigen Lebenssituationen Zuspruch brauchen. Ihnen möchte ich zeigen:

Wenn wir uns selbst bejahen und anerkennen, sind wir viel stärker. Dazu gehört auch, Verantwortung für sich selbst zu übernehmen. Raus aus Opferland.

Ich selbst habe erfahren, welchen großen Einfluss unsere Gedanken auf unser Wohlbefinden haben. »Ich bin der einzige Denker in meinem Kopf« ist ein Satz, der sich wie ein roter Faden durch dieses Buch ziehen wird – beim Lesen werden Sie verstehen, warum.

Außerdem, und dies keinesfalls zuletzt, ist es mir ein großes Bedürfnis mich zu bedanken, etwas zurückzugeben für all die Hilfe, Liebe und Wertschätzung, die ich erfahren habe und erfahre. Und zu zeigen, warum ich, so abwegig das erst einmal klingen mag, am Ende so etwas wie dankbar bin, für den Weg, den ich in den vergangenen Monaten gehen musste. Oder durfte.

Heute ist der schönste Tag meines Lebens. Ich bin gesund und voller Energie.

Annette Brandstäter, im Februar 2012

Die Geschichte von Krankheit und Heilung

Die Diagnose:
Panik, Ängste, Verzweiflung – und Mut

»Ich glaube,
es gibt gewisse Tore,
die einzig die Krankheit öffnen kann.
Es gibt jedenfalls einen Gesundheitszustand,
der uns nicht erlaubt,
alles zu verstehen.«
André Gide

Wenn ich heute auf die Zeit vor der Diagnose zurückblicke, muss ich sagen, dass das letzte halbe Jahr kein gutes war. Irgendetwas war mit mir los, etwas das, rückwirkend betrachtet, vermutlich nicht Ursache, sondern schon Auswirkung meiner Krebserkrankung war. Ich war nicht mehr so leistungsfähig wie früher, gereizter, reagierte empfindlicher auf Stress und war psychisch auf eine solche Weise instabil, dass ich manchmal sogar befürchtete, nicht mehr intensiv fühlen, nicht mehr wirklich lieben zu können. Natürlich habe ich mich immer wieder gefragt, was mir eigentlich fehlt. Aber da war eben vor allem ein Gefühl, es gab keine konkreten Symptome, an denen ich die Veränderung festmachen konnte. Wenn das Immunsystem erst einmal versagt hat, liefert es dir nicht länger Anhaltspunkte in Form von Krankheiten im herkömmlichen Sinne und so deutete auch nichts direkt auf ein »Kranksein« hin. Außerdem hatte ich mich wenige Monate vor der Diagnose ausführlichen ärztlichen Tests unterzogen, um die Ursache für einen extremen Juckreiz im Genitalbereich ermitteln zu lassen: Damals waren Blut, Urin und vieles andere gründlich untersucht worden, ohne dass die Ärzte etwas gefunden hätten.

Ich ließ die Sache auf sich beruhen, nachdem man mir diese Ergebnisse mitgeteilt hatte. Kein Wunder: Wie so viele Menschen steckte auch ich mitten in einem turbulenten Arbeits- und Familienalltag, in dem nicht besonders viel Zeit zum Nachdenken blieb. Ich weiß noch, dass sich dieser Alltag plötzlich auf neue Weise anstrengend anfühlte, ich mit mir nicht im Reinen und oft unzufrieden war, mir viele Sorgen machte, ungerecht reagierte, weil ich gegen die gefühlte Erschöpfung ankämpfte. Dass ich versuchte, Dinge zu ändern und diese vielen »Eigentlich-müsste-man-ja« dann wieder aufschob. Dabei war ich auch damals kein Workoholic, habe mir durchaus immer mal Pausen gegönnt. Grundlegende Veränderung brachten diese jedoch nicht.

Dieses diffuse Unwohlsein hielt einige Monate an. Bis ich plötzlich über mehrere Tage hinweg mit unklaren Magenbeschwerden zu kämpfen hatte. Als sie nicht wieder verschwanden, ging ich zu einer Ärztin, die mit Tests nach möglichen Ursachen forschte. Auf das Ergebnis habe ich ganz in Ruhe gewartet, Probleme mit dem Magen schienen mir nicht wirklich ein Grund zur Sorge zu sein. Nur eine Woche später jedoch tastete ich dann etwas in meiner Brust. Ich erinnere mich noch daran, wie ich morgens beim Frühstück saß und zu Lars, meinem Mann, sagte: »Schau mal, hier ist doch irgendwas.« Lars wollte mich sofort zum Arzt schicken, aber ich zögerte noch. Der Termin zur Befundauswertung stand ja ohnehin kurz bevor. Als ich der Ärztin dort von meiner Entdeckung erzählte, überwies sie mich gleich zu meiner Gynäkologin. Auch jetzt klang alles noch sehr nach Routine, im Sinne von »Lassen Sie uns das abklären, ehe Sie sich unnötige Sorgen machen.« Und so machte ich mir dann auch wirklich erst einmal keine Sorgen. Immer noch nicht.

Dazu muss ich sagen, dass ich vorher nie damit gerechnet hatte, dass Krebs für mein eigenes Leben mal ein Thema sein könnte. Obwohl meine Schwester fünfzehn Jahre zuvor an Brustkrebs erkrankt war, meine Großmutter bereits Krebs hatte, hatte ich nie Angst davor, habe ich mich immer gefeit gefühlt. Ich war bis dahin nie ernsthaft krank gewesen, habe meine Kinder ambulant entbunden und lange Jahre sehr sorgenfrei, mit dem Grundgefühl »Mir geht es gut« auf meinen Körper geschaut.

Auch die Gynäkologin hat eher so reagiert, als ginge es um eine Sache, die man eben mal abklären müsste, und überwies mich zur Mammographie, der ersten in meinem Leben. Deren Befund brachte dann schlagartig eine ganz andere Dimension: Ich hatte eine BIRAT 5 – die zweithöchste von 6 möglichen Stufen – also mit 99%iger Wahrscheinlichkeit Krebs. Das klingt so simpel, wenn man es mit nüchternen Zahlen wie diesen beschreibt. Ich aber fühlte mich, als hätte mir jemand einen Knüppel über den Schädel gezogen, als die zuständige Radiologin mit mir über die Untersuchungsergebnisse sprach. Sie bemühte sich aufrichtig, nahm sich mitten im hektischen Praxistag Zeit, den Befund mit mir auszuwerten – und zeigte mir damit nur noch deutlicher, dass die Sache für sie schon klar war. Und ausgesprochen ernst.

Ich bin dann aus der Praxis gestolpert, habe Lars angerufen und ihn gebeten, sich sofort mit mir zu treffen. In den Wochen davor durchlebten wir als Paar eine ziemlich schwierige Phase, wahrscheinlich war ich innerlich angespannter, als ich es mir eingestehen wollte. Und auch in der ersten Zeit nach der Diagnose habe ich mich sehr allein gefühlt, vor allem in den unmittelbar folgenden Tagen, als ich nun von Untersuchung zu Untersuchung gereicht wurde. Ich hatte von Beginn an Rückhalt erwartet, jemanden der mit mir fühlt und Anteil nimmt. Lars dagegen aktivierte zunächst einmal sämtliche Schutz- und Selbstschutzmechanismen und zog sich auf die Position »Das wollen wir doch erst einmal abwarten ...« zurück. Vermutlich eine typische Reaktion, wenn man nicht wahrhaben will, dass hier etwas geschieht, was das ganze Leben durcheinanderwirbelt. Mich aber traf das damals tief, für ein Verständnis seiner Situation fehlte mir einfach die Kraft.

Im Nachhinein sagt er selbst, dass es eine ganze Zeit gedauert hat, bis meine Diagnose wirklich in seinem Bewusstsein angekommen war. Und so ging ich zu den ersten Gesprächen und zur Stanzung, einer Gewebeentnahme, allein. Ich erinnere mich noch gut an den Abend danach, daran, dass Lars nach Hause kam und mir von seinem Arbeitstag erzählte. Erst irgendwann später erkundigte er sich nach den Untersuchungsergebnissen. Ungeheuer verletzt und wütend war ich damals, wurde innerlich immer vorwurfsvoller, weil ich mit meinem Gefühlschaos so allein war. Eigentlich wollte ich jemanden bei mir haben, der mir bei den Untersuchungen und Gesprächen zur Seite stand, die Hand hielt, psychisch und physisch. Heute frage ich mich, warum ich damals nicht ausdrücklich darum gebeten habe. Aber das war eben auch eine Facette der Person, die ich damals war. Diejenige, die alles auch alleine schafft und keine Probleme macht. Dass dies hier eine Sache war, die man nicht alleine schaffen konnte, wollte ich lange nicht wahrhaben.

Als ich die Reaktion der Ärztin nach der Mammographie erlebte, dieses Innehalten und diese Aufmerksamkeit einer Frau, die sich offenbar für Patienten kaum Zeit nahm oder nehmen konnte, hatte ich zum ersten Mal das Gefühl: »Das ist jetzt ernst. Und höchstwahrscheinlich das, wofür es alle halten.« Aber es war noch nicht bewiesen und so blieb Hoffnung, alles könne sich als großer Irrtum erweisen. Während des nun folgenden Auswertungsgesprächs bei der Frauenärztin war ich wie ferngesteuert und stürzte in ein Auf und Ab, das noch mehrere Tage anhalten sollte. Die Gynäkologin erzählte mir von einer Freundin, die nach ihrer Krebsdiagnose ihr Leben umgekrempelt und ihre Familie verlassen hatte. Keine Worte, die mir in dem Moment weiterhalfen. Und nichts, was ich auch nur ansatzweise hören wollte.

Schon in diesem ersten Gespräch wurde immer wieder betont, dass ich nun für eine ganze Weile nicht mehr arbeiten würde. Auch das war ein gewaltiges Umdenken. Ich hatte gerade mit einem neuen Projekt begonnen und für die kommende Woche bereits mehrere Fototermine angesetzt. Die ersten beiden dieser Verabredungen habe ich sogar noch eingehalten, vereinbarte aber mit einer Freundin, die meine

Ansprechpartnerin in dem Projekt war, gleich ein Treffen. Eines wurde mir sehr rasch und grundsätzlich klar: Ich brauchte unbedingt »Luft«, schnellstmöglich einen größtmöglichen Freiraum für mich, ohne dass ich mit vielen Leuten über meine Situation reden müsste. Für Gespräche war die Situation noch viel zu ungewiss, hatte ich noch viel zu wenige Informationen darüber, was überhaupt mit mir los war. Erst einmal wollte ich zur Besinnung kommen, mich zurückziehen dürfen.

Dazu kam, dass auch meine Mutter zu dieser Zeit sehr krank war. Man hatte sie kurz vorher am Herzen operiert, die große OP war Teil einer längeren Krankengeschichte. Wir, ihre drei Kinder, hatten uns bis dahin gemeinsam um sie gekümmert. Auch hier hatte ich jetzt deutlich das Gefühl, Platz schaffen, die Verantwortung für sie abgeben zu müssen, um genug Raum für mich selbst und meine Situation zu haben. Möglichst frei sein zu wollen von fremden Erwartungen und Verpflichtungen. Dazu steht mir ein Zusammentreffen mit meiner Schwester heute noch besonders deutlich vor Augen. Sie besuchte mich zuhause, nicht lange nach meiner ersten großen Operation. Ich schaukelte gerade auf dem Hof – das habe ich in jenen Tagen oft getan, oft mit Kopfhörern. Einfach in die Landschaft, auf das Grün der Bäume und Sträucher schauen und, wenn ich besonders hoch hinaufflog, den Himmel sehen. Das hat mir nicht nur geholfen, meine Kraft und Beweglichkeit zurückzuerlangen – ich habe mich beim Schaukeln auch immer recht unbelastet und frei gefühlt. Meine Schwester muss das wohl als Zeichen dafür gedeutet haben, dass es mir wieder besser und ziemlich gut ging.

Nachdem sie auf den Hof gekommen war, setzten wir uns auf die Wiese und unterhielten uns. Als sie dann meinte, ich solle nun doch mal wieder unsere Mutter anrufen, mich quasi an meine familiären Pflichten erinnerte, habe ich einfach ihre Hand genommen und auf meine rechte Brust gelegt: »Spürst du das? Antje, das geht hier um Leben und Tod, ich muss mich jetzt darauf konzentrieren. Verstehst du?« – Meine rechte Brust fühlte sich damals an wie ein großer, ganz harter Stein. Und obwohl sie ganz ruhig und gefasst wirkte, standen ihr plötzlich Tränen in den Augen. Es war, als hätte sie jetzt erst verstanden, dass ich im Moment keine weiteren Sorgen verkraften konnte. Bevor sie schließlich ging, sagte ich noch einmal: »Sag Mami, ich denke an sie. Aber ich muss mich jetzt erst einmal um mich selbst kümmern. Ich kann ihr jetzt nicht helfen. Sag ihr, ich schaffe jetzt nicht mehr und sie soll sich keine Sorgen machen. Du weißt alles, sie kann dich fragen.«

Aber zurück zu den ersten Tagen nach der Diagnose: Der besagte Fototermin, der noch wie geplant über die Bühne ging, war alles andere als leicht für mich. Sich auf Leute einzustellen, mit ihnen zu reden, während sich die Gedanken doch die ganze Zeit um das eine Thema drehen. Alle um mich herum waren mit ihren Alltagsdingen beschäftigt. Ich konnte mich nur schwer darauf einlassen, driftete mit meinen Gedanken immer wieder ab. In meinem Magen rumorte es, mir ging es nicht gut, trotzdem wollte ich den Termin ohne Aufheben »durchziehen«, schon um keine Fragen beantworten zu müssen.

Das Gespräch mit meiner Freundin im Anschluss war vor

allem ein Aufeinanderprallen meiner eigenen Gefühlslage mit der eines Menschen, der zum einen tief im eigenen Alltag steckte, zum anderen meine Situation, so diffus sie ja damals noch war, überhaupt nicht erfassen konnte. Natürlich war sie im ersten Moment bestürzt, aber schon wenig später ging es vor allem darum, wann ich meine Arbeit wieder aufnehmen und wir unser Projekt fortführen könnten. Die Unterhaltung fühlte sich an, als stünde ich vor einer Wand, die ich nicht durchdringen konnte. Nicht nur hier, auch an der Reaktion meines Mannes und noch so oft in den folgenden Wochen merkte ich, wie lange es dauert, bis so eine neue Situation bei anderen gegenwärtig wird, wenn sie mitten ins normale Leben mit all seinen Routinen und Alltäglichkeiten hinein-stolpert. Wie lange es dauerte, bis mein Gegenüber begriff, wie ernst meine Lage wirklich war.

Bei alldem, den seltsamen Erfahrungen und meinem ei-genen Gefühlschaos, verstärkte sich bei mir in den ersten Wochen doch immer mehr das Gefühl, dass ich, wie meine Schwester vorher, »das mit dem Brustkrebs« schon irgendwie hinbekommen würde. Auch die Chemotherapie, das Verlieren meiner Haare, all die Dinge, die man eben schon über eine Krebstherapie weiß, machten mir damals keine große Angst. Zumal die Prognosen bei Brustkrebs ja eigentlich ganz gut sind. Wie eine Todesdrohung fühlte sich das alles noch nicht an. Und rückblickend muss ich auch sagen: Damals war es ja tatsächlich noch nicht so dramatisch.

Dramatischer wurde es dann, als ich ein paar Tage spä-ter vor der Onkologin saß, die mich über die nächsten Wo-chen und Monate begleiten sollte – zusammen mit einer unüberschaubaren Menge anderer, ständig wechselnder Ärzte. Sie jedoch ist für mich eine Art Symbolfigur geworden, die viel von dem verkörpert, was den Umgang dieser Fachleute mit meiner Situation ausmachte. Bei jenem ersten Treffen, im Krebszentrum des örtlichen Krankenhauses, das ja der nächste Schritt auf dem für mich schon vorformulierten Weg durch die Schulmedizin war, fragte sie mich, ob ich noch andere Beschwerden als die in der Brust habe. Als ich ihr dann von meinen Oberbauchbeschwerden erzählte, hatte sie auf eine Weise reagiert, an der ich im Nachhinein erkenne, dass sie gleich den Verdacht hatte, auch diese hingen mit meiner Krebserkrankung zusammen. Kurz darauf wurde mir mitgeteilt, dass ich mich einer Bauchspiegelung würde unterziehen müssen. Man konnte damals davon ausgehen, dass diese der Suche nach eventuellen Metastasen diene.

Vor der Operation wurden dann allerdings noch zwei CTs, eine Magen- und eine Darmspiegelung veranlasst, jede einzelne davon sehr unangenehm, mit Kontrastmitteln und einem großen Schlauch, den ich schlucken musste. Später habe ich erfahren, dass der Professor, der mich operieren sollte, noch auf einer Konferenz in den USA war und man wohl die Zeit bis zu seiner Rückkehr mit Untersuchungen überbrücken wollte. Die Ergebnisse dieser Untersuchungen gaben weiteren Anlass zur Sorge, lieferten allerdings eher suspekte als konkrete Anhaltspunkte, welche ich noch nicht deuten konnte. Dass sie überhaupt durchgeführt wurden, obwohl doch kurz darauf eine OP geplant war, die viel konkretere Ergebnisse bringen würde, kann ich mir rückblickend nicht mehr mit Notwendigkeit erklären, vielmehr steckten wohl eher Abrechnungs- und Beschäftigungsgründe dahinter. Damals fehlten mir die nötige Gelassenheit und das Selbstbewusstsein, den Sinn all dessen zu hinterfragen.

In der Klinik verstärkte sich immer mehr ein Grundgefühl: Mein Fall ist hier ein Standard, Tagesgeschehen. Ich weiß nicht, wie viele Frauen mit ähnlicher Diagnose dort jeden Tag vorstellig werden. Vorgegangen wurde nach Schema F, erklärt wurde wenig – auch deshalb war ich selbst sehr lange davon überzeugt, die anstehende Operation diene ausschließlich der Suche nach Metastasen. Hinzu kamen die vielen verschiedenen Ärzte: Die Untersuchung machte der eine, die Auswertung wieder ein anderer. Nach der noch ambulant durchgeführten Darmspiegelung wurde ich stationär aufgenommen. Einen Tag später folgte dann die Operation. An deren Vorabend bat die zuständige Ärztin Lars und mich um ein ausführliches Gespräch. Dieses diente jedoch weniger dazu, mir möglichst viel über meine Situation zu sagen, als der Klärung, welche Vollmachten die operierenden Ärzte bekommen würden – von der möglichen vollständigen Entfernung meiner Gebärmutter und meiner Eierstöcke bis hin zum eventuellen Legen eines künstlichen Darmausgangs. Man könne nicht wissen, was die Ärzte bei der OP vorfinden würden, erklärte mir die Ärztin. Auf einer Zeichnung wurde dann angekreuzt, auf welche der eventuell betroffenen Organe ich gegebenenfalls verzichten könnte. Das war schon ausgesprochen zynisch. Ich habe mich wieder und wieder gefragt, wie es sein könne, dass schon so viele verschiedene Organe befallen seien, ohne dass dies für mich körperlich spürbar war. Klarheit darüber brachte das Gespräch jedoch nicht.

Die Stunden vor dem Eingriff waren fürchterlich. Nachts hatte ich dank eines Schlafmittels noch recht gut geschlafen, aber nach dem Aufwachen brach die Angst buchstäblich über mich herein. Schon um 6 Uhr früh saß ich da, in meinem Krankenhausnachthemd und den Thrombosestrümpfen, wartete auf die Operation, die um 9 Uhr beginnen sollte. Lars war am Abend zuvor noch da gewesen, jetzt versuchte er, mich per SMS aufzumuntern. Natürlich haben wir auch über meine Erkrankung gesprochen, immer mal wieder und so vage, wie das zu dieser Zeit eben nur ging. Es gab ja noch so wenige Informationen, an denen wir uns festhalten konnten. Nach wie vor hatte ich das Gefühl, dass dies jetzt eine Phase sei, die ich durchstehen muss, bevor ich wieder in den Alltag zurückkehren kann. Dass die Krankheit mein Leben komplett auf den Kopf stellen würde, war mir vor dieser ersten Operation nicht einmal ansatzweise klar.

Eine Bauchspiegelung ist eigentlich eine recht kleine Operation. Aber während des Eingriffs haben die Ärzte dann mehr und mehr betroffene Stellen gefunden – der OP-Bericht liest sich dementsprechend dramatisch. Eine befreundete Ärztin hat mir später erklärt, dass man bei so einer Spiegelung zwar erkennt, welche Gewebeteile und Strukturen nicht an diese Stelle gehören, man aber nicht wisse, um was für Gewebe es sich dabei handele. Am Ende wurden mir nicht nur die Eierstöcke und die Gebärmutter, sondern auch das Bauchfell und Teile des Darms entfernt, weil auch sie von Metastasen befallen waren. Wie ich später erfuhr, konnte ich von Glück sagen, dass man mir bei dieser Gelegenheit nicht auch noch die Brust entfernte: Die Ärzte haben wohl noch während der Operation darüber beraten. Verhindert hat diesen Eingriff, der die Folgen der Operation ja noch gravierender gemacht hätte, am Ende nur das Nichterteilen einer Vollmacht für diesen Körperteil. Dem Zufall, dass die Ärztin sie im Vorgespräch nicht in ihre Liste aufgenommen hatte, verdanke ich also, dass ich heute noch zwei – inzwischen völlig gesunde – Brüste habe.

Als ich nach der OP aus der Narkose aufwachte, kam die Ärztin, die auch das letzte Gespräch vor der Operation geführt hatte, relativ früh wieder zu mir, um mir zu sagen, dass man neben dem Brustkrebs nun auch noch einen Eierstockkrebs diagnostiziert hätte. Fast im gleichen Atemzug wies sie dann darauf hin, dass in einer nächsten OP die rechte Brust entfernt werden müsste. Kurze Zeit danach, ich hatte mich noch immer nicht vollständig von der Narkose erholt, kam eine große Gruppe Chirurgen. Ich erfasste trotz meines Dämmerzustandes, dass sie über mich sprachen. Allerdings taten sie dies so, als sei ich gar nicht anwesend. Keiner der Anwesenden sprach *mit mir*. Ich verstand aber, dass ich, weil die Operation länger und schwieriger verlaufen war als erwartet, eine Blutkonserve bekommen hatte – die einen allergischen Schock auslöst hatte. Meine Hände brannten wie Feuer und mein Körper überzog sich mit riesigen Quaddeln. Leider nur die erste von etlichen Komplikationen, die noch folgen sollten.

Nachdem die Chirurgen gegangen waren, war ich erst einmal allein – und brach in Tränen aus. Eine der Schwestern musste mich gehört haben. Sie kam und fragte mich, was denn mit mir los sei. Ich bemühte mich ihr zu erklären, wie sich das anfühlte: Alle sprachen nur über mich, niemand mit mir – und dabei ging es doch um mich. Sie versuchte mich zu trösten: »Das waren doch nur die Chirurgen, die Gynäkologen kommen doch noch.« So freundlich es klang, so unverständlich blieb mir dieser Tröstungsversuch. Besser befand ich mich danach nicht.

Eine weitere gefühlte Ewigkeit später kam dann der Arzt, der mich operiert hatte, der Arzt, den die Schwester mit ihrer Bemerkung wohl hatte ankündigen wollen. Auch er war umgeben von einer größeren Schar von Kollegen. Und wieder sprachen alle fast ausschließlich miteinander, kaum einmal richtete jemand das Wort an mich. Als er es dann doch tat, sagt der Operateur zu mir: »Sie haben also zwei Krebsarten – und das wirklich Lebensbedrohende ist der Krebs da unten.« Als ich, schon wieder völlig aus der Fassung gebracht, erwiderte: »Ich verstehe das nicht«, kam die Antwort: »Hören Sie doch auf. Das habe ich doch alles schon so oft gehört – die liegen dann hier und sagen ‚aber ich bin doch immer artig gewesen‘.«

Selten in meinem Leben habe ich mich so unverstanden gefühlt wie in diesem Moment. Durcheinander wie ich war, dachte ich aber immer nur: »Das habe ich doch gar nicht gesagt«, anstatt mich über die Art und den Ton seiner Antwort zu ärgern. Inhaltlich erfasst habe ich seine Worte in diesen Stunden ohnehin noch nicht. Ich hatte einfach keine Kraft darauf zu reagieren und fühlte mich unglaublich ausgeliefert. Wieso legte er mir jetzt auch noch Worte in den Mund? Der Arzt verließ mich mit der Bemerkung: »Können wir der Patientin mal eine Psychologin schicken?« Im Rückblick war er wohl eine der krassesten Verkörperungen der Erfahrung, dass viele Ärzte vollkommen verlernt haben, dass sie auch eine Aufgabe jenseits von Operation und Handwerk haben. Denke ich heute an diese Situation zurück, empfinde ich keinen Groll mehr, nur noch Irritation darüber, wie viele Mediziner eigentlich für ihren Beruf in seiner Komplexität, in der unbedingt nötigen Mischung aus fachlicher und sozialer Kompetenz völlig ungeeignet sind. An diesem Tag, wie so oft vorher und nachher, hätte ich mir jemanden gewünscht, der sich Zeit für mich nimmt, meine Situation und meine Gefühle wenigstens im Ansatz nachempfinden kann, mir wirklich zuhört und meine Ängste ernst nimmt. Und nicht immer nur für jedes Problem das passende Medikament, die passende Behandlung oder den passenden Schnitt parat hat.

Nach dieser ersten Operation lag ich noch zwei Wochen im Krankenhaus – und sehnte mich so sehr fort. Immer wieder klagten meine Besucher oder Anrufer darüber, wie verregnet dieser Sommer war. Ich dagegen schaute aus dem Fenster, sah die Tausenden von Tropfen und wünschte mir sehnlichst, dort draußen zu sein. Durch den Regen laufen zu können, ohne Sorgen. Noch lange leben zu dürfen. Wieder und wieder träumte ich mich weg aus meiner sterilen Umgebung, von den Schmerzen und Beklemmungen, in eine Zukunft, in der ich, mehrere Jahrzehnte älter, mit meinen Enkeln am Strand herumtobe. Rückblickend erscheint es mir wie ein Crashkurs, an dessen Ende ich bereit war, den Kampf gegen meine Erkrankung aufzunehmen. »Will ich wirklich leben? Gibt es Hoffnung oder war es das jetzt?« waren die Fragen, um die all meine Träume und Alpträume letztendlich kreisten. Das In-mich-Hineinhorchen, die Suche nach dem Sinn all dessen, was mit mir geschah, nach dem, was mein Lebensglück ausmachte, begann eigentlich schon in jenen Tagen.

Zwei Wochen nach der ersten Operation war ich das erste Mal bei dem Heilpraktiker, der mich nun eine große Strecke meines weiteren Weges begleiten würde. Schon am Ende einer meiner ersten Konsultationen mit ihm sagte er zu mir: »Als Heilpraktiker und Naturmediziner sage ich so etwas sehr, sehr selten, aber in Ihrem Fall scheint es mir so, als sei die Chemotherapie erst einmal der richtige Weg für Sie. Der nächste Schritt.« Das entsprach damals meinem eigenen Grundgefühl: Ich betrachtete diese Behandlung zu jener Zeit nicht als einen Feind, sondern als eine Art helfenden Freund. Angst vor ihr verspürte ich keine – die Verzweiflung, die Hoffnungslosigkeit, durch die ich seit dem Erwachen aus der ersten Operation gegangen war, die Zeit, die ich an Tropfe und Schläuche gefesselt im Krankenhaus verbracht hatte, erschien mir ungleich schlimmer. Mir war klar, dass mir körperliche Beschwerden bevorstanden, aber ich hielt dies damals für die einzige konkrete Hilfe, die ich bekommen konnte.

Und so begann vier Wochen nach der ersten Operation meine erste »Chemo«. Bei dieser und den drei folgenden habe ich immer wieder visualisiert, das heißt mir sehr bildhaft vorgestellt, wie ich meine anderen Organe gegen die eindringenden Stoffe schütze, während den von Krebszellen befallenen Teilen meines Körpers durch diesen »Zaubertrank« geholfen wird. Vor den gesunden Organen habe ich in Gedanken Schutzschilde errichtet. Meine Leukozyten sah ich als kleine Wesen, die sich Mäntelchen angezogen haben, damit sie keinen Schaden nehmen. Diese haben unter dem Einfluss des Wundermittels dann ihre Muskeln aufgepumpt, ihr Maul hat große Zähne bekommen und sie sind größer geworden. Danach haben sie alle schon schwächelnden Krebszellen im Körper aufgefressen. Und auch positives Denken war hier ein ganz wichtiger Aspekt. Jede Chemo begann ich damit, mich meiner Vorfreude zu versichern, ganz wörtlich: »Ich freu mich, ich freu mich« – wie ein kleines Kind vor Weihnachten. Welche Kraft solche Gedanken und Visualisierungen haben, davon haben mich die letzten Monate restlos überzeugt. Ich weiß ganz sicher, dass sie dazu beigetragen haben, dass ich während und unmittelbar nach der Chemo sehr wenige Nebenwirkungen verspürte und sie insgesamt erstaunlich gut vertrug.

Nur eine weitere Woche später, also fünf Wochen nach der ersten, folgte dann eine zweite Operation, die nötig wurde, weil sich nach dem ersten Eingriff Verwachsungen und Verklebungen in meinem Darm gebildet hatten, die am Ende zu einem akuten Darmverschluss führten. Dieser sollte nun mittels operativen Eingriffs behoben werden. Als ich zum ersten Mal hörte, dass eine zweite Operation nötig sein würde, brach die blanke Verzweiflung über mich herein. Ich war überwältigt von dem Gefühl, diesen Prozess nicht noch einmal durchstehen, das Trauma, die katastrophale Situation, all die Schmerzen und all die Schwäche, die ich nach dem ersten Eingriff durchlebt hatte, nicht noch einmal ertragen zu können. Und so verweigerte ich diese zweite Operation über mehrere Tage hinweg, obwohl ein Arzt nach dem anderen bei mir erschien und mich dazu drängte. Jeder von ihnen nannte gute Gründe. Völlig zu Recht, weil das Nicht-essen-Können, womit ich durch den Darmverschluss zu kämpfen hatte, in einer laufenden Krebsbehandlung natürlich mehr als ungünstig war. Ich wurde inzwischen vor allem über den Tropf ernährt. Trotzdem: Die Angst blieb mein vorherrschendes Gefühl.

Den Wendepunkt brachte der Besuch eines befreundeten Arztes am dritten Tag nach der Ankündigung. Als ich ihn nach seiner Meinung fragte, antwortete er: »Na ja, das ist eine schwierige Situation. Niemand hier ist sauer auf dich und du kannst dich entscheiden wie du willst. Aber man kann den richtigen Zeitpunkt auch verpassen.«

Dieser Satz war es, der mir dann doch die Kraft gegeben hat, mich bewusst für diese zweite Operation zu entscheiden. Dieser Arzt hat die OP dann selbst übernommen und sich mit allem sehr viel Mühe gegeben und Zeit gelassen, was mir psychisch ungeheuer geholfen hat. Natürlich habe ich mit ganzer Kraft gehofft, dass dieses Mal alles weniger schmerzhaft und unkomplizierter verlaufen würde – eine Hoffnung, die sich leider nicht erfüllen sollte. Geholfen aber hat mir dieses höhere Maß an Zuwendung, das Bemühen der Ärzte, das Gefühl, die Sachkundigkeit spüren zu können und nicht so ignoriert zu werden wie bei der ersten Operation. So hat sich in Bezug auf diese Phase bei mir der Eindruck verfestigt, dass es gut und richtig gelaufen ist, weshalb ich im Nachhinein nicht mit der Entscheidung hadere.

Trotzdem hatte ich zwei oder drei Tage nach der Operation noch mal ein großes psychisches Tief, als die Frau, mit der ich bis dahin das Zimmer geteilt hatte, schon nach kurzer Zeit und für mein Empfinden »gesund« nach Hause entlassen wurde. In meinem Fall war zu diesem Zeitpunkt völlig unklar, wann ich das Krankenhaus würde verlassen können. Ich hatte vom langen Liegen immer verfilztere Haare bekommen. Den Kopf zum Kämmen anzuheben, fiel mir schwer, ohne Hilfe war es unmöglich. Also bat ich Lars, mir seinen Kurzhaarschneider mitzubringen und die Haare vollständig abzuschneiden.

Zu dem Zeitpunkt hatte ich erst eine Chemotherapie hinter mir, die Haare waren mir noch nicht ausgefallen. Die Ärzte prophezeiten immer wieder, dass das noch kommen würde – mit 99%iger Wahrscheinlichkeit. Da war sie wieder, die Statistik. Eine Perücke hatte ich noch nicht, ich war wegen der zweiten Operation gar nicht dazu gekommen, mir eine zu besorgen. Lars reagierte überrascht, fragte mich immer wieder, ob ich mir diesen Schritt gut überlegt habe. Wahrscheinlich hatte er das Gefühl, ich solle den Beginn des Haareverlierens, eine Art Symbol für die Krebserkrankung, besser so weit wie möglich hinauszögern. Ich selbst hatte nur wenige Bedenken. Eigentlich überwog sogar die Genugtuung, dem drohenden schleichenden Haarausfall einen selbstgefassten Entschluss und einen selbstgewählten Zeitpunkt entgegenzusetzen. Die ersten Reaktionen der Schwestern, nachdem die Haare dann gefallen waren, fand ich regelrecht amüsant – einige machten zunächst auf der Schwelle kehrt, weil sie glaubten, sich in der Tür geirrt zu haben. Und so fühlte sich das Haareabschneiden fast wie etwas Positives an.

Was mich dagegen absolut deprimierte, war meine erneute enorme körperliche Schwäche. Mein Kreislauf war total »im Keller«, ich war nur noch froh, im Bett liegen zu können. Wenn ich meine Empfindungen in diesen Tagen nach der Operation zusammenfasse, war es vor allem anderen und immer wieder der dringende Wunsch, dass von nun an alles *leicht* sein möge – frei von Anstrengung, frei von Schmerzen. Davon war ich zu diesem Zeitpunkt weit entfernt, die Kontraktionen, ausgelöst durch Tropfinfusionen, die meinen Darm anregen und meine Verdauung in Gang bringen sollten, empfand ich als sehr stark, auch wenn ich natürlich hoffte, dass mein Darm mit ihrer Hilfe schnell seine normale Tätigkeit wieder aufnehmen würde.

Nachdem mich am 4. Tag nach der Operation eine Schwesternschülerin zum Waschen ins Bad begleitet hatte, brach ich dort, verursacht durch eine Kreislaufschwäche, zusammen. Und doch war es mehr als ein instabiler Kreislauf: Ich hatte zu diesem Zeitpunkt einfach keinerlei körperliche Kraftreserven mehr, mein Körper wollte sich nur noch ausruhen. Als ich danach wieder im Bett lag, liefen mir unaufhörlich Tränen über das Gesicht – ein Gemisch aus Verzweiflung und Angst, aber auch Tränen, die meine enorme Anspannung etwas lösten.

Irgendwann bemerkten die Ärzte und Schwestern, wie schlecht es mir auch psychisch ging. Und verschafften mir etwas, das man wohl in anderen Zusammenhängen als Luftveränderung beschreiben könnte. Ich bekam ein eigenes Zimmer, ein kleines, helles Einzelzimmer. Das war eine Wohltat: Die ständigen Besucher meiner Mitpatientin, das viele Hin und Her, die Geräusche hatten mich in den Tagen davor ziemlich belastet. Da ich nicht aufstehen konnte, war ich alldem ja bedingungslos ausgesetzt. Das neue Zimmer gab mir wieder Auftrieb, auch wenn die nächsten Tage noch ziemlich schwer waren, weil ich Fieber und Durchfall bekam, was das Gefühl, kraftlos und ausgelaugt zu sein, noch einmal verstärkte. Ich lag, an Tropf und Schläuchen, völlig erschöpft im Bett und hatte den überwältigenden Wunsch: »Es soll jetzt nur noch leicht sein«. Bis dahin hatte ich geglaubt, gegen die Krankheit, gegen meinen kranken Körper ankämpfen zu müssen. Mit einem Mal aber spürte ich, dass ich ihm so gar nicht half. Erst die jetzige, umfassende Schwäche führte dazu, dass ich mich total entspannte und der Widerstand gegen alles was passierte mich verließ. Meine Verdauung kam wieder in Gang – und schon das machte mich sehr glücklich. Leicht, ja leicht sollte es sein. Und siehe da: Als ich aufhörte, gegen mich zu »kämpfen«, ging es plötzlich, langsam aber stetig, bergauf.

Im Nachhinein weiß ich, dass vieles, was ich damals als sehr beängstigend erlebt habe, in Wirklichkeit überhaupt nicht bedrohlich war. Es ist verblüffend, wie viel davon abhängt, wie man selbst auf so eine Situation schaut, mit wie viel Entspanntheit, mit wie viel Optimismus. Die jedoch entstehen in solchen Phasen nicht aus dem eigenen Selbst heraus, sie brauchen Anreiz und Antrieb von außen. Lars, der in dieser Zeit so viel wie möglich bei mir war, tat sein Bestes. Er war unheimlich wichtig für mich, wurde in diesen Tagen fast so etwas wie mein Schutzpatron.

Viel nachgedacht habe ich später nicht nur über meine eigene Sicht auf diesen Prozess, sondern auch über die Rolle der

Ärzte, von denen sich leider nur sehr wenige in meine Lage hineinversetzen konnten. Aber vielleicht war es am Ende gerade diese fehlende Anteilnahme, der Mangel an Verständnis und Aufmerksamkeit, der mich dazu brachte, nicht länger nur passiv die vorgegebenen Prozeduren zu durchlaufen, sondern eigene Vorstellungen und Erwartungen zu formulieren und immer deutlicher zu artikulieren. Ein erster wichtiger Schritt zu meinem neuen Selbst, wie ich heute weiß. Sobald man nämlich aufhört, an die Unabdingbarkeit, Vorherbestimmtheit der Abläufe zu glauben, hören diese auf es zu sein.

Einschüchterndes Expertenwissen

»Die Bedrohung des Lebens
durch die moderne Naturwissenschaft
ist offensichtlich geworden.
Die materialistische Naturwissenschaft
erhebt den Anspruch,
das Leben mit den Gesetzen
der leblosen Materie zu erfassen.«
Max Thürkauf

Meinen Söhnen Leon und Amon hatte ich anfangs nichts von meiner Diagnose erzählt – lange Zeit wusste nur Lars davon. Nach den Konflikten der ersten Wochen wurde das Verhältnis zwischen uns beiden besser, als wir die ersten Male gemeinsam zu Arztgesprächen gingen. Ein wichtiger Schritt: Ich fühlte mich nicht länger allein gelassen, er bekam das Gefühl, beteiligt und nicht länger ein tatenloser Zuschauer zu sein, der ohnmächtig am Rande steht. Selbst aktiv werden zu können, war für ihn – wie sicher für viele von uns – eine große Hilfe.

Ich erinnere mich an eine Situation, in der wir auf meine behandelnde Onkologin trafen. Es war ein so genanntes Erstgespräch, in dem es darum ging, die bis dato erhobenen Befunde auszuwerten. Zunächst mussten wir anderthalb

Stunden warten, was ich unter diesen Umständen wirklich schrecklich fand. Als die Ärztin schließlich hereinkam, fing sie sofort an, mit uns über die geplante Operation und deren organisatorische Einzelheiten zu sprechen. Keine weiteren Informationen über die Diagnose, nichts was mir dabei half, meine Situation endlich besser zu verstehen. Kein Gespräch darüber, wie es jetzt weitergehen könnte und was dazu beitragen könnte, meine Heilungschancen zu verbessern. Und plötzlich auch noch der Satz: »Auf die Befunde der Lymphknotenentnahme warten wir ja noch.« – Dabei waren bei mir überhaupt keine Lymphknoten entfernt worden. Das Gefühl, hier nur ein Fall unter vielen, austausch- und verwechselbar zu sein, hätte nicht stärker sein können. Vieles an ihrem Verhalten war dazu geeignet, von Beginn an ein Feindbild aufzubauen, was mein Mann dann, noch mehr als ich, tat.

Ich hatte mir schon vorher fest vorgenommen, die ganze Wahrheit in Erfahrung zu bringen, wollte schonungslose Offenheit, wollte genau wissen, wie es um mich stand. Als ich die Ärztin dann tatsächlich nach meiner Prognose fragte, war von 15 bis 30 Prozent Wahrscheinlichkeit für eine Lebenserwartung von zwei bis fünf Jahren die Rede. Ich war so schockiert, dass ich die nun folgenden Erläuterungen, so kurz sie auch waren, gar nicht mehr aufnehmen konnte. Lars stellte noch ein paar Fragen, dann sind wir aus der Klinik getaumelt, haben uns auf die nächste Bank gesetzt und beide fürchterlich geweint. »Warum ausgerechnet ich?« war die Frage, die mir in diesen ersten Stunden am meisten zu schaffen machte. Das Gefühl grenzenloser Ungerechtigkeit. Und natürlich fragte ich mich, was all diese Behandlungen noch für einen Sinn hätten, wenn meine Chancen doch so schlecht standen. Alles erschien mir nur noch sinnlos. »Dann kann ich doch auch gleich vom nächsten Hochhaus springen«, war einer der Sätze, die ich dort auf der Bank zu Lars sagte, für den das sicher alles andere als leicht zu ertragen war. Und natürlich war da auch immer wieder der Gedanke an meine Kinder, die ich würde verlassen müssen, wenn ich sterben würde – der schlimmste Gedanke in all den folgenden Monaten überhaupt. Ich weiß nicht mehr, wie wir an diesem Tag nach Hause gekommen sind.

Einige Tage später gab es dann ein weiteres Gespräch mit der gleichen Onkologin, die uns ganz fröhlich mit den Worten begrüßte: »Und – wie geht es Ihnen heute so?« Eine Frage, die mir damals völlig absurd erschien. Lars hatte dann auch die angemessene Dosis Zynismus parat: »Außer dem Umstand, dass sie sich nach dem letzten Treffen mit Ihnen umbringen wollte, geht es ihr eigentlich ganz gut.« Man konnte richtig sehen, wie der Ärztin die Gesichtszüge entgleisten. »Aber es gibt doch Hoffnung«, versicherte sie nun energisch, »wenn es keine Hoffnung gäbe, würden wir das Ganze hier doch nicht tun.« Eine so wichtige Botschaft – beim ersten Gespräch hatte sie völlig gefehlt. Und auch jetzt blieb sie seltsam diffus. Was für eine Hoffnung meinte sie? Ich habe mich oft gefragt, warum ich mich von meinem ärztlichen Gegenüber so wenig wahrgenommen gefühlt habe. Inzwischen, mit Abstand und ohne die unmittelbare Betroffenheit, kann ich ganz gut nachvollziehen, wie schwer es ist, sich so oft am Tag und in so kurzen Abständen auf ein neues Schicksal einzustellen, wie es vielen Ärzten abverlangt wird. Damals war ich zu so viel »Draufsicht« einfach nicht in der Lage.

Aber auch heute noch frage ich mich oft, was Ärzte eigentlich dazu bringt, sich so sehr als Gott in Weiß zu inszenieren. Warum gelingt es vielen von ihnen so schlecht, eigene Fehler, die Begrenztheit ihrer Perspektive, Grenzen und Lücken des eigenen Wissens einzugestehen? Und vor allem: Warum taten sie damals in all den Gesprächen so, als wäre diese Abfolge von Operationen, Chemotherapie und anderen Behandlungen der einzig mögliche Weg? Und warum ist dieser Weg nicht individuell, so wenig auf den einzelnen Patienten zugeschnitten? Dabei beginnt das Hinterfragen doch schon mit so einfachen Überlegungen wie der, warum alle Krebspatienten die gleiche Behandlung bekommen, egal wie alt, groß oder schwer sie sind oder wie fortgeschritten ihre Erkrankung ist. Sechsmal Chemotherapie beispielsweise ist ein Standardprogramm – als wären Menschen nicht so vollkommen verschieden in ihrer Beschaffenheit, ihrer Konstitution. Und natürlich auch in ihrer psychischen Disposition. Umso fragwürdiger, wenn man bedenkt, wie viele Menschen am Ende nicht an ihrer Krebserkrankung, sondern an den Folgen der Chemotherapie sterben.

Was ich den Ärzten jetzt, fast ein Jahr nachdem ich von dem von ihnen so klar vorgezeichneten Weg abgewichen bin, eigentlich vorwerfe, ist die fehlende Unterstützung meines Selbständigwerdens. Die meisten Dinge, die ich in der Zeit intensiver ärztlicher Behandlung erlebt habe, waren darauf ausgerichtet, mich diesen einen, alternativlosen Weg entlangzuschieben, gleichgültig für wie groß oder klein die Chance auf Heilung erachtet wurde. Warum wurden mir nicht schon am Beginn meiner Krankheitsgeschichte verschiedene Optionen aufgezeigt, warum wurde nicht auf die Beschränkungen des schulmedizinischen Ansatzes hingewiesen? Warum nicht darauf, dass er nicht der einzig mögliche ist und dass andere Verfahren auch schon viele Menschen geheilt haben?

Über die Gründe dafür habe ich viel nachgedacht. Der Hinweis auf die Persönlichkeit des behandelnden Arztes gibt sicher nur einen Teil der Antwort, einen viel größeren Anteil haben meines Erachtens das Berufsethos heutiger Ärzte und unser Gesundheitssystem: Kaum Zeit für die Patienten, eine fast schon perfide Arbeitsteilung, in der ein Arzt die Untersuchung durchführt, ein anderer den Befund übermittelt usw. – eine Herangehensweise, in der es immer vorrangiger um Abrechnungszahlen geht. Da wird dann ein Heilungsweg, mit dem sich weniger Geld verdienen lässt und der nicht in die akzeptierten Abrechnungsschemata passt, schnell ad acta gelegt oder gar nicht erwogen. Betrachte ich meine Krankenhauserfahrungen des letzten Jahres, fehlt mir leider jeder Anhaltspunkt dafür, dass hier ethische Erwägungen im Vordergrund stehen.

Vor diesem Hintergrund möchte ich jeden Kranken zu möglichst viel Selbstbewusstsein ermutigen, so schwierig das in so einer Situation auch sein mag. Der Schlüssel zum richtigen Umgang mit Ärzten wie auch mit allen anderen Heilern ist das Empfinden, sich selbst, seinen Gefühlen und seiner Intuition vertrauen zu können. Wenn tief innen das Gefühl entsteht, dass all die von den Ärzten vorgegebenen Schritte nicht guttun, sollte man dieses Gefühl ernst nehmen und nicht die Verantwortung an Ärzte abgeben, die sie letztendlich ja doch nicht übernehmen (zumindest habe ich keinen Arzt getroffen, der bereit war, irgendwelche verbindlichen Aussagen über den Erfolg der von ihm empfohlenen Therapie zu machen).

Vieles in diesem ärztlichen System drängt den Patienten in die Position des »Kaninchens vor der Schlange« – und die ist, das weiß ich heute, völlig unangemessen. Inzwischen gehe ich sogar so weit, dass ich die Ursachen für Krebs als immer verbreiteter auftretende Krankheit *auch* in allgemeiner Panikmache suchen würde. Und Gründe für schlechte Heilungschancen auch in den psychischen Auswirkungen der ausgesprochen pessimistischen Herangehensweise der Schulmediziner, der von ihnen ständig formulierten, nach der Diagnose geradezu omnipräsenten Todesdrohung. Wir haben viel zu lange in ungesunden, wahrhaft kranken Situationen gelebt und darüber immer mehr verlernt, uns selbst zu vertrauen, auf unseren Körper zu hören. »Vom Weg abgekommen sein« hat mein Heilpraktiker das einmal genannt – eigentlich bedeutet Heilung vor allem, herauszufinden, worin dieser Irrweg bestanden hat und wie man zurück zu seinem eigentlichen Weg, seiner wirklichen Berufung findet.

Ich bin davon überzeugt, dass Krebserkrankungen völlig anders verlaufen würden, wenn die Menschen dieser Diagnose mit weniger Angst begegnen würden. Die Panik, die erzeugt wird, treibt sie in Therapien, ehe sie herausfinden können, ob diese wirklich das Richtige für sie sind. Schon unmittelbar nach der Diagnose wird dem Patienten suggeriert, man müsse jetzt ganz schnell etwas sehr Gravierendes unternehmen, nach dem Motto: »Bei so einer schlimmen Krankheit helfen nur ganz schwere Geschütze« – schulmedizinische natürlich. Und das, wie schon gesagt, ohne eine wirklich individuelle Wahrnehmung der Person, die sich dieser Behandlung unterziehen soll. Offenbar stellen gerade junge Ärzte vor dem Hintergrund einer riesigen Krebsforschung und einer seit vielen Jahren etablierten Herangehensweise gar keine grundsätzlichen Fragen mehr. Woraus sich, meiner Auffassung nach, der Objektivitätsanspruch erklärt, mit dem die Schulmediziner Krebspatienten gegenüber auftreten; dieser Anspruch, der den Patienten seiner Verantwortung zu entheben scheint, ihm das Gefühl gibt, keinen eigenen Denkprozess mehr zu brauchen oder sogar zulassen zu dürfen.

Erst wenn man versteht, dass auf der anderen Seite keine Verantwortungsübernahme seitens der Ärzte erfolgt, wird klar, wie irreführend dieser Ansatz ist – und wie verantwortungslos, im wahrsten Sinne des Wortes. Verdeutlicht man sich diesen Mechanismus einmal in Gänze, ist kaum noch zu verantworten, dass Ärzte sich über die Vielfalt der möglichen Heilungsansätze so in Schweigen hüllen. Als ich begann, mich mit alternativen Wegen zu beschäftigen, bin ich auf so viele erfolgreiche Verläufe gestoßen – warum hat mir am Beginn meiner Erkrankung niemand davon erzählt? Warum wird, im Gegenteil, ein Patient, der Fragen stellt, ärztliche Entscheidungen hinterfragt oder eigene trifft, sich beispielsweise einer angeordneten Untersuchung verweigert, sogar mit Vorwürfen unter Druck gesetzt? Vor einiger Zeit hat es in Kanada eine Studie gegeben, die besagte, dass 80% der dortigen Onkologen im Falle einer eigenen Krebserkrankung gar keine Chemotherapie machen würden. Das spricht doch sehr dafür, dass viele Ärzte deutlich empfinden, wie einseitig oder sogar falsch ihre Herangehensweise ist. Warum aber bleibt das ohne spürbare Konsequenzen für den Patienten?

Ich bin mir ganz sicher, dass hier dringend neue Wege und auch neue Herangehensweisen der Ärzte nötig sind und hoffe, dass die vielen Menschen, die derzeit schon über Veränderungen nachdenken, in den nächsten Jahren ein wirkliches Umdenken erreichen.

Es gibt einen Weg – und der führt zu mir selbst

»Jede Krankheit hat Ursachen,
auch wenn sie dem Einzelnen
unbekannt sind.
Nur eine Behandlung,
die die Ursachen berücksichtigt,
ist eine Heilbehandlung.«
Max-Otto Bruker

Ein wichtiger Wendepunkt in dem Prozess, der sich als mein Abrücken vom schulmedizinischen Standardweg zusammenfassen ließe, war der besagte Besuch bei einem Heilpraktiker ungefähr zwei Wochen nach meiner ersten Operation. Einen Tag zuvor war ich aus dem Krankenhaus entlassen worden. Ich wollte unbedingt nach Hause, auch wenn ich körperlich noch unglaublich kraftlos war. Der Blutverlust, die Folgen der Operation hatten mich geschwächt, ich hatte 10 Kilo an Gewicht verloren, auch essen konnte ich zu jener Zeit nicht viel. Geistig jedoch war ich viel stärker, als man es angesichts meiner körperlichen Situation vermutet hätte.

Zuhause angekommen, mochte sich das erwartete Hochgefühl nicht wirklich einstellen – dazu war alles dann doch zu beschwerlich. Ich hatte ja eine 23 cm lange Narbe auf dem Bauch, meine Bauchmuskeln waren einmal komplett durchtrennt worden. Beim Aufstehen hatte ich mich an den so genannten »Galgen« gewöhnt, der im Krankenhaus über meinem Bett hing. Zu Hause griff ich unbewusst danach und immer wieder »ins Leere«. Schon beim Gang zur Toilette wurde mir schwindlig. Ich empfand alles als Überforderung und die Treppe in unserer Wohnung stellte eine enorme Schwierigkeit dar. Als ich meiner Freundin Katja in einem Telefonat von meiner Frustration erzählte, wollte sie meinen Zustand nicht als unausweichlich hinnehmen: »Da muss man doch was machen können – wir fahren morgen mal zu Schmidt.« Als sie am nächsten Morgen kam, war mein Kreislauf schwach, schwächer, am schwächsten. Und trotzdem schaffte sie es, mich ins Auto zu verfrachten und zu dem besagten Heilpraktiker zu fahren.

Dieser Mann war ein Lichtblick – der erste »Behandler« in all diesen Wochen, von dem ich mich ganz individuell wahrgenommen fühlte. Dabei hat er erst einmal gar nicht viel geredet, mich zunächst nur gefragt, wo ich Schmerzen hätte. Da war beispielsweise ein extremer Druckschmerz auf der Brust, der sich wie ein riesiger Stein anfühlte. Der Heilpraktiker legte mir ein Plättchen auf die betroffene Stelle und der Schmerz verschwand fast augenblicklich. Danach bekam ich Infusionen mit Eisen, Vitaminen und Mineralstoffen, lag in diesem schönen Raum, mit Wärmflaschen, eingekuschelt – und fühlte mich zum ersten Mal seit Langem einigermaßen wohl. So gut aufgehoben. In einem Gespräch, das der Heilpraktiker noch am selben Tag mit meiner Freundin Katja führte, sagte er etwas, das mir sehr viel neue Kraft gab. Mein Zustand sei alles andere als harmlos, gab er unumwunden zu, ergänzte aber gleich: »Aber Ihre Freundin hat alle Chancen dieser Welt.« Als sie mir kurz darauf davon erzählte, war das wie ein positiver Schock für mich – schlagartig fühlte ich mich sehr viel lebendiger, ungeheuer beflügelt.

Dieser Heilpraktiker hat mir auch geholfen zu verstehen, dass der Krebs keineswegs so plötzlich gekommen war, wie es mir erschien. Mindestens in den letzten Jahren vor der offenkundigen Erkrankung sei irgendetwas in meinem Leben grundlegend falsch gelaufen, betonte er in mehreren Gesprächen, die wir miteinander führten. Aus heutiger Sicht verstehe ich besser, was er damit meinte. Damals jedoch brauchte es noch eine ganze Weile, bis mir klar wurde, dass sich in den Monaten und Wochen vor der Diagnose etwas zugespitzt hatte, das mich schon mein ganzes Leben begleitete. Ein altes Glaubensprinzip, das sich mit Sätzen wie »Ich bin nicht gut genug« zusammenfassen lässt. Ich hatte es immer gespürt, aber erst jetzt verstand ich wirklich, dass mich über viele Jahre das Gefühl geprägt hatte, Wahrnehmung, Beachtung, ja sogar Liebe nur dann zu verdienen, wenn ich etwas tat, wenn ich mich angemessen anstrengte. Schon als Kind hatte ich mir dieses unterbewusste Muster zu Eigen gemacht und entsprechend gute Antennen für die Erwartungen anderer entwickelt.

Mich selbst als einzigartig zu erleben und zu einer neuen Form der Selbstliebe zu finden, das war ein langer Prozess, der damals damit begann, meinen Zustand nicht länger zu bekämpfen, sondern zu akzeptieren. Als ich dem Heilpraktiker bei jenem ersten Besuch erzählte, wie schwach ich mich fühlte, versuchte er nicht, mir ungeahnte Kräfte einzureden, sondern antwortete einfach: »Akzeptieren Sie das. Sie sind jetzt schwach. Aber Sie werden auch geliebt, wenn Sie schwach sind.«

Das war der Beginn einer Erfahrung, die mit der schlimmsten Zeit meiner Erkrankung einherging und für die ich heute dennoch unendlich dankbar bin: Ich habe gelernt, dass die Menschen um mich herum mich auch dann lieben, wenn ich schwach bin. Dass ihre Zuneigung nichts mit Dingen zu tun hat, die ich leiste, die ich besonders gut und besonders richtig mache, sondern allein mich als Menschen meint. In dieser Zeit größter Schwäche waren sie für mich da, ohne dass ich mich darum bemühen musste. Auch hierdurch wurde das Muster aufgebrochen, das ich seit meiner Kindheit mit mir herumtrug: Schon von klein auf war ich das Mädchen, das nie Probleme bereitete. Beachtung, so mein Gefühl, bekam ich durch Leistung, durch herausragende Dinge, die ich vollbringen musste, um anderen meinen Wert zu beweisen. Zu erleben, dass jetzt, wo ich das nicht mehr konnte, die Zuneigung anderer Menschen zu mir eher wuchs als abnahm, zeigte mir, dass ich nicht immer darum kämpfen musste. Zum ersten Mal bekam meine Krankheit für mich eine positive Seite, sie offenbarte mir etwas, das ich ohne sie nicht kennen gelernt hätte.

An jenem Tag in der Naturheilpraxis begann ich zu ahnen, dass ich einen anderen Weg gehen könnte, als jenen, den mir die Ärzte empfohlen hatten. Eine Ahnung, die von nun an Schritt für Schritt stärker werden sollte, auch wenn es noch einige Zeit dauerte, bis aus einem Gefühl ein Bewusstsein und später sogar eine selbstbewusste Entschlossenheit erwuchs. Am Anfang war es eher dieses unkonkrete Sich-Wohl-Fühlen, das Geborgenheitsgefühl, das mich in dieser Praxis überkam, das mich immer wieder dort hinfahren ließ. Auch dort bekam ich anfänglich Infusionen, aber sie änderten nichts daran: Hier war ich nicht länger der Fließbandfall, der ich im Krankenhaus trotz meiner seltenen Diagnose immer geblieben war.

Der Heilpraktiker sprach mit mir nicht darüber, wie es weitergehen sollte. Er lieferte keinen »Fahrplan« der nun anstehenden nächsten Schritte, hielt sich auch sehr bedeckt, wenn ich konkret nachfragte. Gerade mal *ein* möglicher nächster Schritt wurde bei den Treffen mit ihm besprochen und auch der oft relativ allgemein gefasst. Oft waren es Sätze wie dieser: »Sie sind irgendwann in den letzten Jahren vom Weg abgekommen.«, über die ich dann weiter nachdenken musste. Und immer wieder war es tatsächlich so, dass ich die Antwort darauf selbst am besten kannte. Diese Art von Gesprächen hat mich nach und nach gelehrt, selber Antworten zu finden, mutig genug zu sein, aktiv nach ihnen zu suchen. Nicht länger darauf zu warten, was mir andere Menschen für Erklärungen liefern würden. Erklärungen über mich – fast absurd erscheint das im Nachhinein. Der Mensch, der mich am besten kennt und deshalb auch die richtigen Antworten und Begründungen finden kann, sollte ich selbst sein. So einfach das klingt, habe ich doch eine Weile gebraucht, um genau das zu verstehen.

Schon damals und auch heute noch suche ich natürlich nach Gründen für mein »Vom-Weg-abgekommen-Sein«, möchte ich herausfinden, was ich zukünftig besser machen kann, um einen Rückfall zu verhindern. Ich spreche inzwischen gern von den eigenen Herzenswünschen – davon, wie wichtig es ist, jeden Tag mich selbst zu befragen, was ich eigentlich will, was mir guttut. Ich trete vor den Spiegel und frage: »Guten Morgen mein Schatz, was kann ich heute tun, um dich glücklich zu machen?«

Erst rückblickend ist mir klar geworden, dass dieser Prozess des »Mich-selbst-ernst-Nehmens« eigentlich schon kurze Zeit nach der Brustkrebsdiagnose begonnen hatte, mit dem Versuch, mir genug Platz und Freiraum für mich selbst zu schaffen, Dinge wegzuschieben, die mich daran hinderten, mich jetzt vorrangig um mich zu kümmern. Danach kamen dann immer neue Momente, immer neue Ebenen hinzu. Und immer wieder auch Menschen, die mich in diesem Prozess unterstützt haben. Allein schafft man es nicht, denke ich heute. Ich habe diese Menschen für meinen Weg unbedingt gebraucht. Menschen, an die ich glaube und denen ich deshalb mit Vertrauen begegnen kann. Manchmal waren es nur kleine Dinge, die sie äußerten. Sie alle haben mir sehr geholfen – »zusammengebastelt« habe ich mir meinen Weg allerdings allein. Wer sonst sollte das auch für mich tun?

Eine neue Sicht auf mich und meine Krankheit

»Es ist nicht wenig Zeit, die wir haben,
sondern es ist viel Zeit,
die wir nicht nützen.«
Seneca

Irgendwann, Wochen nach der zweiten Operation, kam auch die Kraft in meinen Körper zurück. Noch nicht genug Kraft, um wieder normal leben zu können, aber eine Kraft, die es mir ermöglichte, mehr und mehr Bücher zu lesen, die sich auf ganz unterschiedliche Weise mit meinem eigenen Zustand beschäftigten. Eine Kraft, wie ich sie damals im Krankenhaus für nie wieder erreichbar gehalten hatte. Plötzlich konnte ich wieder Fahrrad fahren – und es fühlte sich großartig an. Dabei war auf einmal nicht mehr wichtig, ob ich dies für die nächsten 3 Monate oder 2 Jahre würde tun können. Ich war einfach nur glücklich, dass es mir hier und jetzt ganz gut ging. Und ich war unendlich dankbar.

Durch die Lektüre der besagten Bücher bekam ich das Gefühl, immer besser über mich und die Vorgänge in meinem Körper Bescheid zu wissen – eine sehr wichtige Grundlage für das eigenständige, selbstbewusste Entscheiden, das mir von nun an immer besser gelang. Allerdings war ich in dieser Zeit noch sehr davon überzeugt, dass die Chemotherapie das

Richtige für mich sei und mir Zeit verschaffen würde. Wenn mir damals bestimmte Bücher wie z. B. der Titel»Chemotherapie heilt Krebs und die Erde ist eine Scheibe« in die Hand fielen, habe ich darauf ablehnend reagiert, drohten sie doch, mir den Glauben an die Wirksamkeit dieser Behandlung zu rauben. Ich war irritiert, weil ich innerlich spürte, dass eine Auseinandersetzung mit ihnen mich zu einer Entscheidung zwingen würde – die ich zu diesem Zeitpunkt noch nicht zu treffen bereit war. Die Verantwortung für das eigene Leben vollständig allein zu übernehmen, ist ja nicht gerade einfach, in meinem Fall war das eher ein schrittweiser Prozess, ein Hineinwachsen als eine Zäsur. Erst nach Brasilien war mir in aller Deutlichkeit und Drastik bewusst: Die Chemo wird mich nicht heilen. Und ich will leben, will eine echte Chance auf Heilung.

Auch als ich auf einen ungarischen Arzt traf, der die Chemotherapie für einen grundsätzlich falschen Ansatz hielt, habe ich diese Behandlungsmethode verteidigt, habe auf mir bekannte Menschen verwiesen, denen sie seinerzeit geholfen hatte. Einer davon ist mein Mann Lars, der vor zwölf Jahren an Morbus Hodgkin erkrankt war. An die Antwort jenes Arztes auf meine Argumente erinnere ich mich noch sehr genau: »Die Fälle, in denen Chemotherapie überhaupt einen positiven Effekt hat, sind Morbus Hodgkin, Leukämie oder solche, bei denen die Operation das Krebsgewebe komplett entfernt hat.« Diese Aussage fand ich später auch in zahlreichen Büchern wieder, nahm sie aber erst bewusster und offen auf, als ich dafür bereit war.

Dennoch: Mein innerer Kampf um Abgrenzung von der

autoritär verkündeten Lehrmeinung hatte bereits begonnen, stürzte mich über mehrere Wochen hinweg in einen tiefen Zwiespalt. Dabei spielte eine große Rolle, dass ich selbst nun wieder davon überzeugt war, eine Chance auf vollständige Heilung zu haben, auch wenn die Ärzte dies ausschlossen. Ihr Urteil machte mir sehr deutlich, dass der Weg zur Heilung ein anderer als der von ihnen vorformulierte sein müsste – die Schulmedizin hatte mir zu diesem Zeitpunkt ja nichts mehr anzubieten. Die Suche nach möglichen Ansätzen, bei der ich vor allem das Internet durchforstete, lenkte mich schon bald in eine Richtung, die oft als »Geistheilung« bezeichnet wird. So stieß ich unter anderem auf den Film »Healing«, der mir ein großes Stück weit die Augen öffnete.

Was ich durch den Film und später auf vielen Seiten und Berichten dazu im Web erfuhr, verwandelte das Gefühl, dass es irgendwo einen anderen Weg für mich gäbe, in konkrete Möglichkeiten, die ich unbedingt ausprobieren wollte. Nach einigen Gesprächen beschlossen Lars und ich, gemeinsam nach Brasilien zu fahren. Rückblickend war es sehr gut, diese Reise zu zweit anzutreten – auch für mein Gesundwerden, vor allem aber für unsere Beziehung. Nur durch seine Teilhabe an meinen Erfahrungen in der brasilianischen Casa war es Lars möglich, die Entscheidungen zu verstehen, die ich nach meiner Rückkehr getroffen habe.

In den zwei Wochen, die wir in Brasilien verbrachten, ist in meinem Innern sehr viel passiert. Das äußere Geschehen war sicher auch wichtig, als Etappe in meiner Entwicklung. Vor allem aber hat sich in mir ganz viel gelöst, so dass ich den Antworten auf wichtige Fragen näher gekommen bin. Worin besteht meine Aufgabe im Hier und Jetzt? Worin sehe ich den Sinn dieser Krankheit? Was war falsch gelaufen, in meinem Leben vor der Erkrankung? – Erst in Brasilien konnte ich mich einer neuen, spirituellen Ebene wirklich öffnen, die vorher keine große Rolle spielte. Brasilien hat mein Weltbild verändert.

Manchmal frage ich mich, ob ich vergleichbare Erfahrungen auch hier hätte machen können. Brasilien bedeutete ja nicht nur eine Geistheilung im Sinne von Heilung des Geistes, sondern auch die erste Auszeit nach vielen Wochen, in denen ich von Behandlungstermin zu Behandlungstermin gehastet war. Jetzt war ich zwei Wochen lang frei von Zeiten, die es einzuhalten galt. Und auch meine Kinder waren wohlversorgt in Deutschland geblieben, so dass ich mich ohne Einschränkungen um mich kümmern konnte. Auf diese Weise wurde eine ganz andere und viel intensivere Form der Beschäftigung mit mir selbst möglich. Außerdem traf ich in Brasilien zum ersten Mal persönlich auf Menschen, die wie ich auf der Suche nach anderen Wegen, nach Antworten auf ganz grundsätzliche Lebensfragen waren. Oft waren es so genannte Austherapierte. Oder Menschen, deren Krankheit in einem sehr frühen Stadium war und die sich die Option offenhalten konnten, noch zu einer schulmedizinischen Behandlung überzuwechseln, falls die jetzt gewählte nicht anschlug. Ist man dagegen, wie ich, in einer Phase der fortgeschrittenen Erkrankung, wird einem fortwährend suggeriert, man habe nur noch wenig Zeit und erst recht keine für Experimente.

In Brasilien verlor ich zum ersten Mal das Gefühl, einen

Wettlauf gegen die Zeit zu führen. Und lernte ein ganz neues Gefühl kennen. Es war, als wollte alles was dort geschah, mich lehren: »Du selbst bist die Kraft. Und nur Du hast die Macht, die nötig ist, um dem Krebs zu begegnen«. Dabei stand die Heilung nicht einmal permanent im Mittelpunkt meines Tuns, weil sie etwas Fernes, in der Zukunft Liegendes war. In Brasilien zählte allein, dass es mir in diesem Moment und in diesen Tagen relativ gut ging, zählte ausschließlich das Hier und Jetzt. Nach den schrecklichen letzten Monaten war ich mit diesem Zustand mehr als zufrieden: Es musste niemand kommen und mir fünf Jahre Lebenszeit versprechen. Und ich hatte das Gefühl, dass mich alles weiterbrachte, was ich in diesen Tagen tat – ohne schon zu wissen, wohin eigentlich.

Diese zwei Wochen und vor allem diese persönlichen Begegnungen mit Menschen, die sich bewusst für einen anderen Weg entschieden hatten und mit mir darüber sprachen, gaben mir den Mut, nach meiner Rückkehr nach Deutschland viele grundlegende Entscheidungen zu treffen, durch die ich endgültig selbst die Verantwortung für meinen Heilungsprozess übernahm. Bezeichnenderweise las ich jetzt das Buch, das mich früher so verunsichert hatte, in Gänze durch: »Chemotherapie heilt Krebs und die Erde ist eine Scheibe«. Diese Lektüre war das letzte Quäntchen, das es brauchte, damit ich mich zum Abbruch der Chemotherapie entschloss: Auf einmal war da das sichere Gefühl, dass die noch anstehenden Behandlungen nicht mehr nötig waren – und das Selbstbewusstsein, dass dieses Gefühl seine Berechtigung hatte. Außerdem gelang es mir von da an immer besser, mein körperliches Wohlbefinden nicht mehr von aktuell erhobenen Befunden abhängig zu machen.

Mein neues Körperbewusstsein sagte mir ganz deutlich, dass es mir jetzt einfach nur gut ging. Ich begriff, dass die Entscheidung für oder gegen das Leben ausschließlich meine eigene war und glaubte nun ganz fest daran, dass ich die Krankheit überwinden, aus dieser Situation irgendwie herauskommen würde. Ganz tief in meinem Inneren habe ich schon damals gefühlt, dass es jetzt vor allem darum ging, den richtigen Weg zu finden.

Ich werde gesund – in vielen kleinen Schritten

»Wenn jemand Gesundheit sucht,
frage zuerst, ob er bereit sei,
künftighin die Ursachen der
Krankheit zu meiden,
erst dann darfst Du ihm helfen.«
Sokrates

Sie fragen sich jetzt bestimmt, was denn nun genau passiert ist, dort in Abadiania Goias, Brasilien. Von außen betrachtet, war es eher eine Art Großveranstaltung, die viel weniger mystisch oder spektakulär ablief, als es viele vielleicht erwarten würden. Der Heiler John of God, von den Einheimischen João de Deus genannt, der im Zentrum des Ganzen steht, behandelt die Menschen, die ihn aufsuchen, in einer Casa, die eher wie ein Pilgerort anmutet. Da es unglaublich viele Menschen sind, die ihn aufsuchen, gibt es keine wirkliche 1:1-Beziehung zwischen dir und dem Heiler, der sich selbst ja ohnehin nur als Medium sieht. Als ein Medium, das umgeben ist von anderen Medien, die mit ihm zusammenarbeiten, alten Heilern und Ärzten, die ihn inkorporieren, während er selbst sich in Trance befindet. John of God, in dem Film »Healing« auf sehr anschauliche Weise vorgestellt, ist seit mehr als 30 Jahren an diesem Ort tätig und man schätzt, dass in dieser

Zeit mehr als 20 Millionen Menschen bei ihm gewesen sind. Auch er gibt natürlich keine Garantien, sondern kommuniziert seine Tätigkeit lediglich als Angebot. Er hat tausendfach Heilungen bewirkt, sogar bei Menschen, die nicht an diese Möglichkeit geglaubt haben. Das hat nichts Religiöses, sondern ist eine unumstößliche Tatsache.

Eigentlich ist diese Casa nicht mehr als ein Ort, an dem man sich, in verschiedenen Rhythmen und auf verschiedene Weise organisiert, über längere Zeit hinweg aufhält, weil man davon ausgeht, dass der Kristallberg, auf dem dieser Ort liegt, selbst eine Stätte der Heilung ist. Dieser Berg ist eine Art Hochplateau, von dem man in eine weite Landschaft schaut. Die Casa selbst ist ein kleiner Ort, in weißblauen Farben gehalten, dessen Zentrum verschiedene Meditationsräume bilden. John of God hält sich nur drei Tage in der Woche dort auf, an denen er die wartenden Menschen empfängt und behandelt. Die übrigen Tage sind gefüllt mit Meditationsangeboten, bei denen sich die Menschen zu Gruppen zusammenfinden: Menschen, die zum ersten Mal da sind; Menschen, die schon öfter da waren; Menschen, die über lange Zeit dort bleiben werden.

Im Vorfeld des eigentlichen Zusammentreffens mit John of God wird man bereits von anderen Personen, seinen Helfern, untersucht, die für jeden Menschen die richtige Methode oder sogar Therapie ermitteln. In den meisten Fällen werden die Menschen einer spirituellen Operation unterzogen, einigen dagegen hilft nur eine offensichtliche Operation. Nach diesen Operationen sind einige Regeln zu befolgen. So soll man sich in den 24 Stunden danach körperlich so sehr wie möglich schonen, man darf nur bestimmte Dinge essen, in der Casa verabreichte Kräuterpillen einnehmen, um den Körper energetisch wieder zu kräftigen. Diese Tabletten sind übrigens das Einzige, was man dort bezahlen muss, der Rest ist kostenlos.

Alles was man dort tut, lässt sich eigentlich auf eine Grundidee »herunterbrechen«: Es dient der größtmöglichen Konzentration auf sich selbst, dazu, jede Form von Ablenkung zu vermeiden. Ich selbst habe in den ersten 24 Stunden nach der Operation im Bett gelegen, einfach nur gelegen, ohne jede Form der »Unterhaltung«, sogar das Essen wurde mir ans Bett gebracht. Sich nicht an diese Empfehlungen zu halten, würde die Behandlung bestimmt nicht unwirksam machen, aber ihre Befolgung trägt sicher dazu bei, den Effekt noch zu verstärken. Das Beeindruckendste an der Gesamtsituation dort war für mich eigentlich der permanent vermittelte Eindruck: »Es ist alles da«, die dauerhaft spürbaren Botschaften: »Ihr alle seid nicht krank«, »Du machst hier nichts richtig oder falsch«, »Alles ist gut – genau so wie es ist«. Und noch etwas habe ich durch den Aufenthalt an diesem Ort erst wirklich verstanden: Wenn es uns gelingt, uns auf unsere Lebensfreude zu konzentrieren, auf den Gedanken: »Der schönste Tag des Lebens ist heute«, darauf, den Tag, der gerade ist, einfach nur zu genießen, geht es uns viel besser als mit unserer permanenten Konzentration auf Vergangenheit und Zukunft.

Schon die Hoffnung auf das, was ich in Brasilien für mich erreichen könnte, hat mich damals völlig euphorisiert, so dass es mir trotz meiner körperlichen Schwächung durch Operationen und Chemotherapie überhaupt nicht schwer fiel, meinen

Tag mit vielen Stunden Meditation zu verbringen. Interessant war, dass Lars viel größere Probleme hatte, sich in die dortige Situation hineinzufinden, weil sie für ihn ja nicht so offenkundig notwendig und wichtig war. Die totale Entschleunigung, der Wechsel von einem Alltag voller Berufs- und Familienaufgaben in eine Phase des reinen Auf-sich-selbst-Besinnens, war für ihn eine Art Kulturschock. Im Nachhinein sieht auch er die zwei Wochen als wichtige Bereicherung, hatte dort Momente des »einfachen Seins« ohne Grübeleien, Phasen der Konzentration auf das Hier und Jetzt – etwas, was unser normaler westlicher Alltag uns ja kaum noch ermöglicht. Und das hat nichts mit Ambiente zu tun: Der Ort selbst war, wie gesagt, überraschend vertraut. Und es waren unglaublich viele Menschen da – jeden Tag reisen dort voll besetzte Busse mit Brasilianern an, die an diesen Heiler glauben.

Wie bereits beschrieben, ging es mir in diesen zwei Wochen körperlich recht gut, ganz meinem neuen Leitsatz »Ich bin gesund und voller Energie« entsprechend. Ein Gefühl, dem ich natürlich erst nach und nach vertrauen konnte. Schon kurz nach meiner Rückkehr hatte ich zwei Computertomographietermine, die eine Art Bestandsaufnahme (Staging) ergeben sollten. Zu diesem Zeitpunkt hatte ich jedoch bereits verstanden, dass diese CTs nicht besonders aussagekräftig sind, dass sie eher allgemein suspekte Stellen im Körper identifizieren als eine konkrete Diagnose liefern und dadurch eher Beunruhigung als Klarheit erzeugen. Auch der Wert von Ultraschalluntersuchungen wird, wie bei allen Bildgebungsverfahren, vor allem von der Erfahrenheit in der Auswertung der Bilder bestimmt und hängt damit sehr vom verantwortlichen Arzt ab. Anders als bei CTs ist dies jedoch kein Verfahren, bei dem der Körper mit Kontrastmitteln oder Strahlung zusätzlich belastet wird. Deshalb sagte ich die CT-Termine ab und entschied mich, es ausschließlich beim Ultraschall zu belassen. Und so ging ich zwei Wochen nach Brasilien zunächst zum Brust-Ultraschall.

Natürlich war ich unendlich aufgeregt, wie die Untersuchung ausfallen würde. Fragte ich mich immer wieder, ob mein neues Körpergefühl Recht behalten würde. Und tatsächlich: Es fanden sich keinerlei Anzeichen auf Krebs mehr, weder auf eine Ursprungserkrankung noch auf ein Rezidiv.

Nur zwei Tage später folgte dann ein Unterleibs-Ultraschall – und auch hier ergab sich kein auffälliger Befund. Wahnsinn!!! Bei aller Euphorie hatte ich jedoch das seltsame Gefühl, mehr die Bestätigung einer schon bekannten Tatsache zu hören, als eine spektakuläre Überraschung zu erleben. Für mich war der Erfolg umso größer, weil meine Brust ja nicht, wie von den behandelnden Ärzten geplant, operativ entfernt worden war. Somit gab es keine schulmedizinische Erklärung für meine Heilung, wenn man nicht alles auf die abgebrochene Chemotherapie schieben wollte. Für mich die letzte Bestätigung, dass mein selbstgewählter neuer Ansatz der richtige war. Aber selbst wenn der Arzt bei der Untersuchung noch Krebszellen gefunden hätte, wäre ich wahrscheinlich mit dem Gefühl daraus hervorgegangen, auch dieses Problem in den Griff bekommen zu können.

Der Heilpraktiker hatte meine Entscheidung, nach Brasilien zu reisen, übrigens von Anfang an eher skeptisch gesehen. Seiner Auffassung nach hat jedes Land seine eigenen Heiler, die dann auch am besten für ihre Kranken sorgen würden. Aber auch die Tatsache, dass ich mich mit meiner anders ausfallenden Entscheidung von ihm abgegrenzt habe, war ja ein Schritt auf dem Weg zu meinem Selbstbewusstsein. Schließlich wollte ich keinen neuen »Guru«, der mir sagt, was ich tun und lassen soll, sondern meinen ganz persönlichen Weg finden und diesen notfalls auch ohne Bestärkung durch Dritte gehen können.

An einem Abend am Lagerfeuer vor wenigen Tagen erzählte ich einer Freundin, wie beeindruckt ich von meinem Körper sei, wie stolz darauf, dass er das alles bewältigt, wie er das alles geschafft hatte. Sie sah mich von der Seite an: »Nette, das bist du, nicht nur dein Körper, das bist du.« So verblüfft ich erst einmal war, so bald begriff ich, wie richtig diese Bemerkung war: Auch mein Geist und meine Seele sind auf dem Weg, wieder heil und gesund zu werden.

Von Wegen und Zielen

»Wenn du nicht bereit bist,
dein Leben zu ändern,
kann dir nicht geholfen werden.«
Hippokrates

Jetzt, ein reichliches Jahr nach der Diagnose, muss ich – bei allem Stolz auf das, was ich erreicht habe – sagen, dass die Erlebnisse der vergangenen Monate mein Leben noch immer maßgeblich prägen. Und mir das als richtig erscheint. Wenn ich mir vorstelle, dass manche Menschen schon nach einer so kurzen Zeit wieder in ihren »normalen« Alltag zurückkehren, scheint es mir kein Wunder, dass viele von ihnen irgendwann ein Rezidiv bekommen. Ich glaube, dass wirkliche Heilung, die sich als völliges Heil-Werden von Körper und Seele versteht, sehr viel länger dauert als ein paar Monate. Was nicht heißt, dass man nicht nebenbei etwas tun oder einfach normal leben kann. Die reine Tumorbeseitigung ist nur ein Bestandteil und medizinische Untersuchungen erfassen doch nur genau diesen Teil. Für mich ist ganz klar, dass mein Weg der Gesundung noch nicht zu Ende ist. Das Heil-Sein, das ich anstrebe, betrifft ja viele verschiedene Aspekte und setzt einen Prozess voraus, an dessen Ende die schon erwähnte Einheit von Körper, Seele und Geist steht, deren

Erlangung ich jetzt für eine Art Lebensaufgabe halte: Die Fähigkeit zur vorbehaltlosen Selbstliebe zu erlangen, wirklich glücklich zu sein, meinem Herzen zu folgen, keine Anleitung mehr zu brauchen, sondern meinen Plan selbst bestimmen zu können – und zu wollen. Außerdem habe ich verstanden, wie kontraproduktiv Ängste sind. Wie sehr sie mich daran hindern, meinen Weg zu verfolgen. Und dass Angst mich nur schwächt, vor allem in dieser Zeit, in der ich und mein Körper doch besonders viel Stärke, Liebe und Glauben an mich brauchen.

Nachdem ich herausgefunden hatte, dass mein Problem, das »Vom-Weg-Abkommen« vor meiner Erkrankung, seine Ursachen vor allem in fehlender Selbstliebe hatte, konnte ich aus dieser Einsicht heraus Mechanismen entwickeln, dieses Defizit zu überwinden. Viele Theorien mit denen ich mich in den letzten Monaten beschäftigt habe, geben der Einschätzung meines Heilpraktikers Recht: Auch sie gehen davon aus, dass Krebs ein Indiz dafür ist, dass im erkrankten Körper etwas Grundsätzliches schiefläuft, oft schon über einen langen Zeitraum. Um die Ursachen dafür zu finden, ist es elementar, wieder in den Kontakt mit der eigenen Seele, der »inneren Stimme« zu treten – ein Kontakt, der sicher nicht nur mir, sondern vielen Menschen schon lange abhanden gekommen war bzw. ist. Inzwischen würde ich sogar so weit gehen zu sagen, dass mangelnde Selbstliebe bei einer Mehrzahl der Krebskranken den Kern des Problems darstellt. Und oft auch der Grund ist, warum sie den Kontakt zu sich selbst überhaupt abgebrochen haben. Beginnt man wieder, auf sich selbst zu hören, weil man sich respektiert und ernst nimmt, spiegelt der Körper diese innere Liebe, diese inneren Gedanken. Das alles kann auf der körperlichen Ebene unterstützt werden, aber die elementare Voraussetzung für eine Gesundung liegt auf der geistigen Ebene. Unsere Zellen reagieren auf unsere Gedanken, auf Wörter, die wir aussprechen. Sie sind verantwortlich für unser Wohlbefinden. Mein altes, tief verinnerlichtes Gedankenmuster aus Kindheitstagen war: »Ich bin nicht gut genug«. Das war mir nicht einmal wirklich bewusst, ich dachte immer, dass ich mich eigentlich mag. Aber ich mochte in erster Linie meine Hülle, die dies tat oder jenes machte. Wirkliche Selbstliebe ist etwas sehr Schönes und weit weg von Egoismus. Erst nach meiner Erkrankung fing ich an, mich so anzuerkennen und zu lieben wie ich bin, mich nicht länger mit Vorbehalten zu betrachten. Einfach meine Einzigartigkeit (die ja jeden Menschen ausmacht) zu schätzen. Ich verstand wirklich, was der Satz »Ich bin der einzige Denker in meinem Kopf« meinte. Tief in mir habe ich fest an meine Heilung geglaubt, ich fing wieder an, mir zu vertrauen und mich zu entspannen. Der Geist ist mein Werkzeug und ich kann jederzeit denken, was ich will. »Ich bin gesund und voller Energie.«

Ganz wichtig erscheint mir, nachdem ich mich selbst viel zu lange mit dieser Frage herumgequält habe, dass es bei aller Suche nach Ursachen für Erkrankungen oder auch nur »persönliche Schieflagen« niemals um Schuld geht. Der Gedanke an Schuld ist eine ganz unnötige Reaktion, die alles nur noch viel schwerer macht und uns unnötig belastet. Hat man erst einmal verstanden, dass man sich in die entstandene Situation selbst hineingeführt hat und auch nur selbst wieder herausführen kann, ist ein ganz wesentlicher Schritt getan. Man kann damit beginnen, über Verantwortung nachzudenken und diese für sich selbst zu übernehmen – was wiederum die Kraft gibt, Prozesse im eigenen Körper selbst zu steuern und die Macht verleiht, alles tun und lassen zu können, was man selbst will.

Das Bild des »Vom-Weg-Abkommens« ist ja sehr offen für Interpretationen. Ich habe mich oft gefragt, worauf ich denn zukünftig würde achten müssen – die Antworten darauf gibt einem die Kommunikation mit sich selbst. Und nur diese. Für sie muss man sich, physisch und psychisch, Frei-Zeit, Zeit für sich selber nehmen. Täglich. Ein Prozess der inneren Einkehr: Man spürt nicht länger nur seine körperlichen Bedürfnisse, die ja näher liegend sind, sondern auch die Bedürfnisse von Geist und Psyche, deren mangelnde Beachtung sich in vielen heute so typischen Erkrankungen wie Krebs, Depression, Burnout und anderen widerspiegelt. Eine Art Neuzeitphänomen: Früher gab es natürliche Zyklen und Rhythmen, die innere Einkehr erleichterten – heutzutage fehlen sie uns mehr und mehr, versinken natürliche Abläufe in der Flut von Informationen und Ereignissen, die unseren Alltag prägt. Umso wichtiger wird es, mit besonderer Aufmerksamkeit für sich selbst zu sorgen. Ich habe dies, wie viele Menschen, erst getan, als bereits viel »im Argen« lag. Als bereits ein Punkt erreicht war, an dem körperliche Symptome geistige Probleme kompensierten – und dies sich nicht länger ignorieren ließ.

Stille, der viele nur in den seltenen Phasen des In-der-Natur-Seins und des ausdrücklichen Nichtstuns begegnen, ist etwas, was bei vielen Menschen eher Angst auslöst – weil sie den Kontakt mit sich selbst bringt und damit mit Dingen, die man eigentlich genauer betrachten und ernster nehmen müsste. Was wiederum die ehrliche Basis für Weiterentwicklung wäre: das Herausfinden der eigenen Lebensthemen, des eigenen Weges, der Richtung, der eigenen Intuition. All dies ist ja immer und jederzeit in uns, nur müssen wir das Gespräch mit uns in uns zulassen. Allerdings fällt es in einer Welt, in der immer schon die nächste Pflicht oder Aufgabe am Horizont auftaucht, wenn die letzte gerade noch bearbeitet wird, oft schwer zu entscheiden, worauf man sich eigentlich konzentrieren sollte. Welche Methode man am Ende für sich findet, um sich selbst wieder näher zu kommen, ist eigentlich zweitrangig – alle möglichen Wege sind sich letztendlich relativ ähnlich. Entscheidend ist das Ziel. Und das ist man selbst.

Mein neuer Alltag ist geprägt von meinem veränderten Glauben. Dem Glauben daran, dass ich die Einzige bin, die über mich entscheiden kann. Dem Wissen, dass ich mein Leben nun in einem hohen Maße selbst bestimme. Dass ich die Macht in meinem Leben bin, *niemand und nichts ausgeliefert*. Für mich eine sehr tief gehende Erkenntnis. Natürlich kann ich mich trotzdem immer wieder mal über Dinge ärgern, aber seitdem ich mein Leben so betrachte, komme ich aus diesem Ärger schnell wieder heraus, lässt dieser sich viel zeitiger ad acta legen. Dadurch sind die Phasen in meinem Leben, die von negativen Gefühlen geprägt sind, sehr viel seltener geworden, schwelge ich weniger in ungunten Emotionen. Das gelingt mir, weil ich sensibler für wiederkehrende Reaktionsmuster geworden bin und ihnen bewusst etwas Neues entgegensetzen kann.

Materielle und soziale Sorgen sind nach meiner Erkrankung stark in den Hintergrund getreten, zumal ich inzwischen daran glaube, dass man auch diese Dinge selbst »erdenken« kann. Eine gefühlte Fülle wird auch tatsächlich eine Fülle sein, man muss sich eigentlich für nichts wirklich verbiegen. Aus dieser Perspektive werden viele Ängste klein oder erweisen sich sogar als unbegründet, weil am Ende gar nicht eintrifft, was einen im Vorfeld umtreibt. Gegen derlei sorgenvolle Gedanken, ich nenne sie »Kopfzirkus«, gibt es Methoden, die sich jeder Mensch erarbeiten kann. Diese lassen sich sogar in einen relativ normalen Alltag integrieren. Begreifen ist ja nur ein Aspekt, etwas Erlernen und Verinnerlichen, ein anderer. Manche brauchen hierfür einen strengen Lehrer, so wie ich.

Außerdem habe ich gelernt, dass es wichtig ist, sich Ängste, die man mit sich herumträgt, ganz genau anzuschauen, ihnen ins Gesicht zu sehen, statt vor ihnen wegzulaufen. Nur so kann man herausfinden, was eigentlich dahinter steht: Haben wir tatsächlich Angst davor zu verhungern? In einer so wohlsituierten Welt wie unserer wohl kaum. Worum also geht es hier wirklich? Ist es eine eigene oder eher eine weitergetragene Angst? Welche Glaubenssätze stehen dahinter? Sind es eher die Sorgen meiner Eltern oder resultiert meine Angst aus früherem Versagen, dessen Wiederholung ich fürchte? Jeder Mensch schleppt verschiedene Besorgnisse mit sich herum. Oft thematisiert man diese in Bezug auf andere Menschen oder sieht seine eigenen Ängste in anderen gespiegelt. Damit sind unsere Furcht vor oder Ablehnung gegenüber Dingen oft hausgemachter als wir vermuten würden. Das Wissen darum relativiert vieles – und eine Diagnose wie Krebs trägt ja ohnehin dazu bei, alle Sorgen und Ängste noch einmal komplett neu zu bewerten.

Hinter allem, was wie auch immer geartete Heilungsmechanismen leisten können, steht natürlich der Glaube an Selbstheilung, der Glaube daran, dass der Körper in der Lage ist, Erkrankungen selbst wieder zu kurieren. Die Frage ist dann eigentlich nur, was er in jedem konkreten Fall dazu benötigt. In vielen Ansätzen kommt die Überzeugung zum Tragen, dass es außerhalb des eigenen Körpers Medien gibt, die diese Selbstheilung katalysieren können, so genannte Energiearbeit leisten, Situationen herstellen, die Ermutigung oder sogar echte Hilfe schaffen. Die Bereitschaft, sich Zeit für sich und seinen Körper zu nehmen, setzt Energien frei, vermittelt dem Körper positive, liebevolle Botschaften. Jeder Mensch findet dafür, abhängig von seinen ganz persönlichen Glaubensstrukturen und Grundsätzen, die geeigneten Bilder und Wege – die von der Operation bis hin zur Wunderheilung reichen können. Ich denke inzwischen, dass es bei all diesen Prozessen nur darum geht, der Seele, dem Geist die richtigen Botschaften zu vermitteln.

Was mich heute erstaunt, ist die Tatsache, dass man gerade in der westlichen Welt, die doch voll von Erkrankungen ist, die eigentlich Ausdruck eines geschwächten Geistes sind, diesen Geistheilungen so skeptisch gegenübersteht. Dinge wie die Aura, bei uns abwertend als esoterisch bewertet, sind meines Erachtens nichts anderes als ein physikalisches Phänomen, das man eventuell sogar messen könnte – Energieströme, die entweder blockiert sind oder eben fließen.

Dazu wiederum ist es nicht einmal nötig, an sie zu glauben. Wenn du dich selbst auf den Weg machst, deine Selbstheilungskräfte aktivierst, ist dies etwas ursächlich Lösendes. Ich erwähnte es schon: Zeit ist bei alldem ein wichtiger Schlüssel. Nimm dir Zeit für dich und dein Körper wird anfangen mit dir zu sprechen, dir Signale zu senden, die du sonst überhörst.

Folgerichtig sind jene Menschen, die unsere Erkrankungen behandeln, eher Helfer als Hauptakteure. Jeder gute Heiler ist sich darüber durchaus im Klaren. Und tut im Grunde nichts anderes, als einen Rahmen zu schaffen, in dem sein Patient sich entspannen und seine Selbstheilungskräfte aktivieren kann. Das ist etwas, was die Schulmedizin sich weigert anzuerkennen: Sie operiert oder entfernt, bekämpft Symptome mit Medikamenten, ohne nach der Ursache für die Erkrankung zu suchen – und schon hat man drei Jahre später eine andere Krankheit, die vielleicht aus den gleichen Ursachen resultiert. Natürlich können Operationen und Ähnliches in akuten Fällen wichtig und hilfreich sein, oft sogar lebensrettend. Aber wenn dieser Symptombehandlung keine Ursachenforschung folgt, bleibt das Erkrankungsrisiko unverändert hoch. Und wer die Ursache nur im Organischen sucht, denkt meiner Meinung nach oft viel zu kurz.

Ich habe häufig darüber nachgedacht, was ohne meine erste Operation (die zweite war ja im Grunde nur eine Folge der ersten) geschehen wäre. Einerseits hat sie ganz sicher viel erkranktes Gewebe entfernt, dessen Heilung mir aus mir selbst heraus möglicherweise nicht gelungen wäre. Andererseits hat gerade die Entfernung meiner weiblichen Organe meiner Persönlichkeit, den weiblichen Elementen meines Wesens ganz sicher geschadet und so auf der geistigen Ebene wohl eher negative Auswirkungen gehabt. Zumal Eierstöcke und Gebärmutter ja auch nach dem Ende der gebärfähigen Lebensphase wichtige Funktionen im Körper erfüllen, sowohl hormonell als auch für das Selbstverständnis als Frau. Ihre Entfernung bewirkt sicherlich mehr, als dass eine Leerstelle im Körper entsteht, sie schwächt den Körper auch energetisch. Jede Operation, besonders so eine große, wirft den Körper mit sehr viel Macht und Kraft in eine neue Daseinsphase, auch diesen Aspekt sollte kein Arzt ignorieren.

Eine andere Frage, die mich immer wieder beschäftigt: Wenn die durch die Diagnose ausgelöste Angst und die Panik so kontraproduktiv sind – wäre es dann vielleicht sogar gut und hilfreich, eine Diagnose wie meine gar nicht zu kennen? Natürlich nur, wenn man die Erkrankung eben nicht als Auslöser braucht, um das eigene Leben zu verändern, zurück zu sich selbst zu finden. Eines der Bücher, die ich gelesen habe, hat ein Arzt namens Bernie Siegel verfasst. Er beschreibt darin die Auswirkungen psychischer Faktoren auf den Heilungsprozess und beschäftigt sich in diesem Zusammenhang auch mit der Frage, welchen Einfluss ärztliches Verhalten auf Krankheit oder Gesundung haben kann. In einem der vielen Beispiele aus jahrelanger Behandlungspraxis erzählt Siegel von einem älteren Mann, der schwer an Krebs erkrankt war und nach Meinung der Ärzte innerhalb der nächsten 6 Monate daran sterben sollte. Dies geschah noch vor Anbruch des Zeitalters der Absicherungsmedizin, weshalb nicht er selbst, sondern nur sein Sohn über die Situation informiert wurde. Dieser entschloss sich, seinem Vater nichts von dieser Diagnose zu erzählen. Zehn Jahre später erfreute sich der Totgesagte immer noch bester Gesundheit. Gerade bei alten Menschen, bei denen Krebs aufgrund des verlangsamten Zellwachstums weniger schnell voranschreitet, stellt sich oft ohnehin die Frage, ob die Chemotherapie nicht mehr Schaden in Form von körperlicher Schwächung anrichtet, als dass sie nutzt. Vor dem Hintergrund solcher Beispiele glaube ich – allgemeiner betrachtet –, dass man, wenn man ein sehr glückliches, positives Leben führt, Krebs auch unwissentlich besiegen kann. Und dieser Weg oft bessere Chancen hat, als der jener Patienten, die nach einer Diagnose in das große Getriebe der Schulmedizin geraten.

Wenn man bedenkt, dass jeder Körper immer und ständig Krebszellen produziert, ein gesunder Körper diese aber »in Schach halten« kann, stellt sich die Frage, wodurch dieses Gleichgewicht im Falle einer Erkrankung gestört wird. Dies kann bisher niemand, auch kein Arzt, schlüssig beantworten. Warum sollte es nicht auch ein veränderter Energiezustand sein, der die Selbstheilungskräfte so schwächt, dass die Krebszellen die Oberhand gewinnen? Ob man diesen Zustand dann nicht auch selbst wieder korrigieren kann, hängt sicher von vielen individuellen Faktoren ab. Oder, zugespitzt formuliert: Vielleicht haben wir viel öfter Krebs als wir ahnen und erfahren es nur, wenn der Vormarsch der Krebszellen diagnostiziert wird bzw. einen gewissen Grad erreicht?

Ein spätes Krebsstadium dagegen ist sicher nur zu bewältigen, wenn man sich voll und ganz auf seinen Heilungsprozess konzentriert. Und Diagnosen werden ja in den meisten Fällen erst gestellt, wenn der Zustand sehr weit fortgeschritten ist,

Symptome aufgetreten sind, die Krebszellen sich schon weit ausgebreitet haben. Aber auch für diese Stadien gibt es zum Teil erstaunliche Heilungsgeschichten von Menschen, die nach den tieferen Ursachen gesucht und all ihre Kraft in das eigene Gesundwerden gesteckt haben. Die zu dieser extremen Lebensveränderung auch bereit waren, weil sie in ihrer Situation schon nichts mehr zu verlieren hatten. Ein bisschen Meditation oder Ernährungsumstellung reicht dann eben nicht mehr, hier braucht es wirklich die volle Konsequenz. Die gründliche Entsäuerung (Azidose ist eine der körperlichen Hauptursachen von Krebs, sein Nährboden) und die Umstellung der Ernährung auf basische Lebensmittel, viel frisches Obst und Gemüse sowie große Trinkmengen und zusätzliche Mineralien muss sehr konsequent erfolgen. Über einige Wochen oder gelegentlich – das reicht bei solch einer fortgeschrittenen Krankheit nicht. Sich dergestalt zu ernähren und sich auch geistig und mental so zu nähren, dass der Körper gesunden kann, sind wichtige »Liebesbotschaften« an ihn. Unsere Zellen reagieren auf diese Botschaften und auch rein physikalisch ist diese körperlich-mentale Entschlackung essentiell.

Ein wichtiges Buch zu diesem Thema, das ich jedem in dieser Phase empfehlen möchte, ist: »Jungbrunnen Entsäuerung« von Kurt Tepperwein. Aus einer anderen Perspektive kommt dieser Autor zu dem gleichen Schluss wie viele andere: Wir können uns selbst helfen. Und dies hat nichts mit Wundern zu tun, sondern folgt einer natürlichen Gesetzmäßigkeit, die wir nur noch nicht erkannt haben. Oder, anders gesagt: Es genügt eben nicht zu wissen, dass das Leben ein Spiel ist, man muss auch die Spielregeln kennen – erst dann kann man darin wirklich die Hauptrolle übernehmen.

Der einzige Sinn dieses Lebens besteht darin, es zu leben, sich morgens darüber zu freuen, dass man am Leben sein darf, den Tag zu begrüßen und sich unendlich dankbar für die guten Dinge im Leben zu fühlen. Sich selbst und anderen Gutes zu tun. Dabei geht es oft um ganz alltägliche Dinge. Aber auch durch sie hinterlassen wir ein Vermächtnis. Unsere vielen kleinen Entscheidungen sind es, die irgendwann zu Auswirkungen unseres Tuns werden.

Die Geschichte meiner Gefühle

Angst, Wut – und Hoffnung

»Alles Lebendige
bildet eine Atmosphäre
um sich her.«
Johann Wolfgang von Goethe

Als ich nach der Diagnose wirklich verstanden hatte, was eigentlich mit mir los war, war da erst einmal nichts als Panik. Ganz am Anfang, als eine Untersuchung der anderen folgte, noch nicht, aber als zur Diagnose Brustkrebs die erst einmal unklaren Befunde im Bauchraum hinzukamen – so wenig präzise sie zunächst waren – fühlte es sich doch schon unheimlich bedrohlich an. Das war richtige Todesangst, weil sich plötzlich nichts mehr daran deuteln ließ, dass die Situation sehr sehr ernst war, und sich auch nirgends jemand fand, der in irgendeiner Weise Hoffnung verbreitete. Als ich mich nach dem ersten so genannten Aufklärungsgespräch fragte, ob ich angesichts so schlechter Prognosen überhaupt noch weiterleben wollte, war das der erste absolute Tiefpunkt.

In dieser ersten Phase war es mir nicht möglich, wirklich klare Gedanken zu fassen. Ich habe pausenlos darüber gegrübelt, wie ich jetzt weitermachen kann und will. Und ob es überhaupt noch sinnvoll ist, sich Behandlungen zu unterziehen. Was am Ende überwog, war das dringende Bedürfnis etwas zu tun. Und so habe ich fast ungeduldig auf die erste Operation und die erste Chemotherapie gewartet, einfach weil ich die Untätigkeit nicht mehr ertragen konnte – dieses Warten, während ich meinte fühlen zu können, wie der Krebs meinen Körper zerfraß. Heute weiß ich, dass das ein Resultat meiner extremen Panik war. Angst kann enorme körperliche Auswirkungen haben – irgendwann konnte ich nicht mehr unterscheiden, ob mir der Knoten in meiner Brust immer größer vorkam, weil ich Angst hatte, oder ob er wuchs und damit meine Angst vergrößerte. Ein Teufelskreis, dem ich nicht entkommen konnte, weil niemand mit mir darüber sprach, dass solche Gefühle in einer Situation wie meiner vollkommen normal waren. Also musste dringend etwas geschehen, die Tage, die ich wegen einer Auslandsreise des Operateurs noch auf die OP warten musste, waren für mich eine Geduldsprobe, die Verzögerung kaum zu ertragen.

Als ich sie so herbeisehnte, war mir natürlich nicht klar, wie gravierend die Operation werden würde – das konnte ja vorher niemand abschätzen, selbst die Ärzte nicht. Und mir fehlte jede Erfahrung auf diesem Gebiet, hatte ich doch bis dato nur eine Blinddarmoperation im Alter von neunzehn Jahren und zwei ambulante Geburten als Krankenhauserfahrung vorzuweisen. Selbstverständlich hatte ich vor der ersten Operation trotzdem Angst, doch wechselte sie sich ab mit der Hoffnung, dass es am Ende doch bei einem kleinen Eingriff bleiben würde. Nach dem Aufwachen habe ich die ersten Stunden, in denen die verschiedenen Ärzteteams an mir vorbeizogen, wie in einer Art Trance erlebt, noch weit entfernt davon zu verstehen, wie es tatsächlich um mich stand.

Danach kamen die Schmerzen und allmählich wurde mir klar, dass meine Hoffnung sich nicht erfüllt hatte, sondern das andere Extrem eingetreten war, man mich von oben bis unten aufgeschnitten hatte. Und damit ja noch lange nicht alles vorbei war. Und niemand mir sagen konnte, ob dieses ganze Martyrium überhaupt einen Sinn hatte.

Wenige Tage später hatte ich mich emotional etwas gefangen, schwankte aber hin und her zwischen Wut und Selbstmitleid. Wut, die sich gar nicht konkret auf etwas oder jemanden richtete, aber dem Gefühl entsprang, dass keiner nur im Ansatz nachempfinden konnte, wie schrecklich meine Situation war. Und Selbstmitleid, weil ausgerechnet mir so etwas widerfahren war. Und immer wieder war da die Frage, was ich falsch gemacht hatte. Trotz meiner körperlichen Schwäche stand ich schon kurz nach der Operation unter dem Druck, schnellstmöglich wieder funktionieren, aktiv etwas für meine Gesundung tun zu müssen. Für Schwäche war eigentlich kein Raum vorgesehen, alle erwarteten von mir maximale Anstrengungen: Ich sollte aufstehen, laufen, meinen Stuhlgang in Bewegung bringen, neue Untersuchungen absolvieren, mich auf keinen Fall gehen lassen – ich fühlte mich ungeheuer unter Stress und machte doch nur so kleine Fortschritte. Auch diese Situation hat mich wütend gemacht.

Irgendwann wurde das Bedürfnis nach Ruhe, nach Entspannung das vorherrschende Gefühl – ich hatte einfach keine Lust mehr, mich anzustrengen, immerzu dagegenzuhalten, zu kämpfen. Ich konnte nicht mehr, fühlte mich unglaublich kraftlos und ausgelaugt, so dass mir nichts anderes übrig blieb als einfach schwach zu sein. Nachdem mich das Gespräch mit meinem Heilpraktiker dazu gebracht hatte, diesen Zustand des Schwachseins nicht mehr zu bekämpfen, sondern zuzulassen, habe ich das nach all dem Druck und Stress regelrecht genossen. Obwohl ich auch weiterhin Schmerzen hatte. Am schlimmsten, erinnere ich mich, war dieser Zustand nach der zweiten Operation, als ich durch die stuhlregulierenden Mittel extremen Durchfall bekam und mich so schwach und schlaff fühlte wie nie zuvor. Da hatte ich das dann auch für mich selbst schon formuliert: »Ich will jetzt, dass alles nur noch leicht ist. Ich will mich nicht mehr anstrengen, nicht mehr kämpfen müssen.« Eine völlig neue Einstellung für mich, die ich bisher mit dem Gefühl gelebt hatte, mein Leben immer gut im Griff, sozusagen unter Kontrolle, zu haben.

Natürlich war auch jene von Kampf und Kraftanstrengung geprägte erste Phase Teil meines Entwicklungsprozesses. Trotzdem denke ich heute, dass ich es mir durch mein Verhalten, das ein Versuch war, den Schock zu verarbeiten, aber gleichzeitig auch ein lebenslang antrainiertes Muster (»Nur wenn ich mich wirklich anstrenge, gelingen mir Dinge und verdiene ich Beachtung.«) bediente, eher noch schwerer gemacht habe. Der Heilpraktiker brachte mein Dilemma mit seinem Satz »Akzeptieren Sie das doch einfach. Sie sind jetzt schwach. Sie werden auch geliebt, wenn Sie schwach sind« auf den Punkt. Es ging darum, mich anzunehmen wie ich gerade war, nicht immerfort mit der Situation zu hadern. Das hört sich so leicht an und war es doch nicht: Es war ja nicht nur ein Zustand, in dem ich nicht wusste, ob ich mich je wieder besser fühlen und wie lange ich noch leben würde, sondern auch ein Zustand bisher ungekannter Hilflosigkeit. Ich konnte fast nichts mehr allein, mich nicht allein waschen, mir kein Essen zubereiten, nicht einmal allein aufstehen. Außerdem war diese große Operation im Zentrum meines Körpers ein Angriff auf meine Mitte, der mir auch psychisch zu schaffen machte. Ich verzog mich in mein Inneres, konzentrierte mich auf meinen Schmerz. Eine extreme Erfahrung.

Zu der Mischung aus Wut, Hoffnung und Selbstmitleid der ersten Wochen gesellte sich jedoch sehr bald auch Dankbarkeit – Dankbarkeit gegenüber jenen Menschen, die mich in dieser Zeit umsorgten. Zum einen natürlich gegenüber Lars, der nun so unglaublich aufopferungsvoll für mich da war. Zum anderen gegenüber den Schwestern auf der Station, die mir in dieser Zeit der enormen körperlichen Schwäche viel abnahmen. Sie waren es, die dem Gefühl, dem Krankenhaus ausgeliefert zu sein, jenes entgegensetzten, dort auch Hilfe und Wohlwollen zu bekommen. Da gab es Nachtschwestern, die sich Zeit für mich nahmen, die mir in Nächten mit Alpträumen über schlimme Momente hinweghalfen – einfach mit mir redeten oder zuhörten, wenn ich mit jemandem über meine Ängste sprechen musste. Die Nächte waren ja das Schlimmste. Ich bekam zwar Schlafmittel, aber die wirkten nur für ein paar Stunden. Wenn ich die Einnahme zu lange herauszögerte, um morgens nicht zu früh aufzuwachen, konnte ich oft nur schwer einschlafen. Wenn ich das Schlafmittel zu früh nahm, war ich schon ab vier Uhr morgens meinen, immer um die gleichen Fragen kreisenden, Gedanken ausgeliefert.

Außerdem war ich dankbar für jeden Moment, in dem es mir körperlich wenigstens einigermaßen gut ging. Als ich mich auf meine Schwäche einließ, kam die körperliche Entspanntheit, die erstaunlich viel zur Verbesserung meines Befindens beitrug. Mit ihr kam auch eine positivere Sicht auf das Leben zurück, motivierendere Gedanken. Ich begann wieder mehr zu meditieren, setzte mir Kopfhörer auf, um meinem »Kopfkino« zu entfliehen. Ich malte mir im Geiste bewusst schöne Bilder, wie jene von der alten Annette, die mit ihren Enkeln zusammen am Strand herumtollt, mit ihnen durchs Wasser tobt. Ich habe mich gesehen, wie ich hoffte, wieder zu werden: gesund und völlig glücklich. Das gab mir Kraft, gerade auch die Bilder, in denen das Meer vorkam, das ich so liebe, mit dem ich groß geworden bin. Als Kind habe ich unendlich viele Ausflüge an die Ostsee gemacht. Der Geruch von Algen und Meer, das Geräusch kreischender Möwen fühlen sich ungeheuer vertraut an, wie Heimat und Geborgenheit eben.

Wahrscheinlich lag es auch an meiner veränderten inneren Einstellung, dass ich bei der zweiten Operation deutlich entspannter war als bei der ersten. Zum einen hatte ich über den Zeitpunkt der OP selbst entschieden, zum anderen konnte ich mich bewusster darauf vorbereiten. Danach war ich sehr viel schneller grundsätzlich lebensbejahend – habe Musik gehört, wollte aus eigenem Antrieb wieder laufen lernen, wieder Treppen steigen, jeden Tag ein paar Stufen mehr. Habe Schritt für Schritt meinen Körper zurückerobert, bin wieder kraftvoller geworden, konnte mich über diese Fortschritte und Erfolge auch wirklich freuen.

Essen war damals für mich extrem anstrengend, weil ich es nicht in der einzigen für mich entspannten Körperhaltung, im Liegen, tun konnte. Und so war es anfangs reine Mühe, in keiner Weise lustbetont. Da ich jedoch nicht wieder so viel Gewicht verlieren wollte wie nach der ersten Operation, zwang ich mich eisern zum Essen, suchte mir dabei jedoch viel bewusster solche Lebensmittel aus, auf die ich auch wirklich Appetit hatte.

Mit der Rückkehr der positiveren Bilder und der neuen Kraft rückte auch die Suche nach Gründen für meine Erkrankung wieder stärker ins Blickfeld. Die Frage »Wieso ich?«, das permanente Nachdenken darüber, wie es so weit kommen konnte, was ich falsch gemacht oder übersehen hatte – war durchzogen von Schuldgefühlen. Immer wieder dachte ich darüber nach, ob ich das Versagen meines Immunsystems nicht an früheren Anzeichen hätte erkennen können. Ich betrachtete Bilder von mir, aus den Monaten vor der Erkrankung und erschrak darüber, wie erschöpft ich damals aussah, schmal und mit Flecken im Gesicht. Jetzt hatte ich einen ganz anderen Blick auf Dinge, die ich zu jener Zeit auf das Älterwerden geschoben habe.

All diese Überlegungen sind sicher eine völlig normale Reaktion auf die enorme Verunsicherung, die so eine Erkrankung bedeutet, gleichzeitig aber sind sie auch ausgesprochen kontraproduktiv. Schuldgefühle sind eben keine positiven Emotionen und gingen damals noch nicht in die Richtung: »Was kann ich an Verantwortung übernehmen? Was kann ich ändern?«.

Leben und Tod

»Es gibt einen Gedanken,
der unsere ganze Lebensführung
und Betrachtung verändern würde:
Die Gewissheit unserer Unzerstörbarkeit
durch den Tod«
Christian Morgenstern

Über das Thema Sterben habe ich damals unentwegt nachgedacht. Am direktesten in den Nächten im Krankenhaus, in denen ich mir gut vorstellen konnte, aufzustehen und mich aus dem Fenster zu stürzen, dies als regelrechte Befreiung empfunden hätte. So wenig Hoffnung wie ich in diesen Momenten hatte, war das nicht abwegig, sondern nahe liegend – in jener Zeit der schlechten Prognosen, dieser Zeit, in der niemand von Heilung sprach, mir niemand Mut machte. Hinzu kamen die Schmerzen und das Gefühl, aus diesem Zustand nie mehr herauszufinden. Keiner der Ärzte hat in dieser Zeit mit mir darüber gesprochen, wann oder ob ich das Krankenhaus noch einmal würde verlassen können. Ich hatte Angst, viel Angst.

Damals war es für mich unvorstellbar, dass ich zwei Monate später mit dem Fahrrad durch den Spätsommer fahren würde, über alltägliche Dinge einfach glücklich sein könnte.

Ich hätte mir in jenen Tagen nie träumen lassen, das Leben wieder so schön finden zu können, wie ich es heute jeden Tag tue. Was jemand empfindet, der eine längere Zeit in einem Krankenhaus verbringen muss, konnte ich mir vorher nie vorstellen.

Was ich als noch schlimmer empfand als die Aussicht auf meinen eigenen Tod, der mir bis dahin immer endlos weit weg und abstrakt erschienen war, war der Gedanke daran, meine Kinder verlassen zu müssen. Nicht zuschauen zu können, wie sie größer werden, wachsen, sich weiter entwickeln – diese Vorstellung konnte ich kaum ertragen. Wenn ich mich da tief hineindachte, schien mir mein Tod irgendwie auch der meiner Kinder zu sein, kam es mir vor, als verließen sie mich und nicht ich sie.

Der Gedanke an den Tod war natürlich selbst schon angsteinflößend genug, äußerte sich jedoch weniger als akute Panik wie in einer Bedrohungssituation denn als dauerhafte Todesangst. Keiner hatte es so deutlich ausgesprochen, keiner sich festgelegt und trotzdem stand die unklare, aber sehr begrenzte Anzahl der mir noch bleibenden Tage riesengroß vor mir. Der Glaube daran, dass ich es schaffen würde, wurde immer wieder durch den Gedanken daran zunichte gemacht, wie viele Menschen den Kampf gegen den Krebs vor mir schon verloren hatten. Die Frage, warum es bei mir anders sein sollte als bei ihnen, gewann in diesen Wochen immer wieder die Oberhand.

Gewandelt hat sich meine Einstellung zum Sterben erst im Laufe meines grundsätzlichen Umdenkens. Ganz allmählich verlor der Gedanke an den Tod seine Bedrohlichkeit – diese verschwand zwar nicht völlig, wurde aber weniger dominierend und überschattete nicht mehr alles. Entscheidend für diesen Wandel war, dass ich den Tod durch meine Beschäftigung mit Geistheilung und Spiritualität bald nicht mehr als das Ende von allem betrachtete, das Leben nun nicht mehr als diese begrenzte Phase zwischen Geburt und Tod sah, was einem ja eigentlich nur Angst machen kann und uns zum eiligen Leben zwingt, ohne die Gelassenheit des Zeithabens. Inzwischen glaube ich daran, dass Leben und Tod Teil eines großen Ganzen sind, sehe den Tod als Teil des Lebens, der nur in unserem westlichen Alltag so vollständig verdrängt und tabuisiert ist.

Der Tod meiner Mutter, der ebenfalls in die Monate meines Kampfes gegen den Krebs fiel, war so etwas Ähnliches wie ein Parallelgeschehen, in dem es zahlreiche Überlappungen gab und das ich hautnah erlebt habe, weil ich in ihren letzten Wochen bei ihr sein wollte, trotz meiner eigenen Situation, die mich ja noch dünnhäutiger gegenüber ihrem Leiden machte. In ihren letzten Wochen lag sie auf der Intensivstation, an etliche Apparaturen angeschlossen – im Koma. Die Liebe, die ich in diesen Tagen ihr gegenüber empfand, war größer als jemals zuvor. Trotzdem kostete mich jeder Besuch bei ihr unendlich viel Überwindung. Allein schon die Rückkehr in ein Krankenhaus zu einem Zeitpunkt, als meine eigenen schlimmen Erfahrungen dort erst wenige Wochen zurücklagen, machte mir große Angst. Hinzu kam ihre Abhängigkeit von all diesen Maschinen. Trotzdem: Ich wollte sie sehen, bei ihr sein, sie lieben. Und wünschte mir sehnlich, dass sie in Würde sterben dürfe.

Seit jener Zeit denke ich oft darüber nach, wie gut es wäre, wenn wir das Sterben weniger »wegorganisierten«, den Tod der Menschen, die wir lieben, näher erleben und stärker begleiten würden. Warum ist es für unsere Kinder nicht etwas Normales, an Beerdigungen teilzunehmen? Den schönen Tod eines anderen Menschen zu erleben, kann doch auch ungeheuer tröstlich sein. In den Büchern, die ich in den letzten Monaten las, ging es immer wieder auch um Hospize und Sterbebegleitung. Für mich mündet alles, was ich hier erfahren und selber erlebt habe, in eine zentrale Frage: Warum wir, die wir in unserem Leben über so viele Dinge entscheiden wollen und müssen, dies nicht hinsichtlich des Zeitpunktes und der Art des eigenen Todes tun, nicht stärker auf die Gestaltung unserer letzten Lebensphase Einfluss nehmen wollen? Die Möglichkeit, in einem selbstgewählten Moment einen Cocktail zu trinken, der einen sterben lässt, wäre für viele Menschen sicher eine ungeheure Erleichterung. Denn viele von ihnen haben sicher weniger Angst vor dem Tod als vor dem Leiden, das dem Tod vorausgeht. Sterben wird ja in vielen Nahtod-Erfahrungen eher als schön beschrieben, die Angst gilt oft der Zeit davor. Der Frage, wie lange und wie sehr man leiden muss. Der Furcht davor, nicht mehr zu eigenen Entscheidungen fähig, Maschinen ausgeliefert zu sein. Was in unserer, auf Autonomie ausgerichteten Gesellschaft ein besonderer Schrecken ist.

Inzwischen hat sich mein Weltbild so verändert, dass ich an eine Geist- und Seelenmaterie glaube. Daran, dass Sterben nur die Trennung dieser Materie vom physischen Körper bedeutet. Und die Verbindung von Seelenmaterie und Körper nur *eine* Erfahrung auf einem viel längeren Weg ist. Die Erde sehe ich als riesigen Friedhof an, als einen Ort voll von Geistwesen, die früher hier gelebt haben und diesen Weg auch alle schon gegangen sind. Bei meiner Mutter hatte ich am Ende sogar das Gefühl, dass in ihrem physischen Körper eigentlich nicht mehr viel Leben war und die Schulmedizin sie eher am Sterben hinderte, als im positiven Sinne am Leben erhielt. Es war unerträglich, mit anzusehen wie sie – körperlich und seelisch – immer weniger wurde, eigentlich schon gehen wollte, aber noch nicht durfte; vor einem Körper zu stehen, der kaum noch etwas mit meiner Mutter zu tun hatte. Zwischendurch habe ich mir gewünscht, dass sie endlich sterben kann, ich war am Ende gleichzeitig unendlich traurig und froh über ihren Tod, weil er mir das Beste für sie zu sein schien.

In dem Maße, in dem ich die Verantwortung für mich und meinen weiteren Weg übernahm, wichen meine Schuldgefühle der Frage, ob hinter meiner Erkrankung ein höherer Sinn steckt. In dem Maße, in dem das beschriebene »Vom-Weg-abgekommen-Sein« für mich greifbarer wurde, rückte eine Art Kurskorrektur in den Mittelpunkt meines Lebens. Richtete ich mein Leben daran aus, Dinge zu tun, die mir selbst guttaten, physisch und mental. Begab ich mich auf die Suche nach meinem Lebensweg, meinem ureigenen Lebensthema. Dieser Prozess verlief im permanenten Widerspruch zwischen dem Gefühl des Loslassenwollens und dem zunehmenden Selbstbewusstsein: »Nur ich entscheide, weil nur ich weiß, was mir guttut«.

In dieser Phase, die natürlich bis heute andauert, habe ich immer aktiver nach neuen Möglichkeiten und Wegen gesucht, weil ich das Gefühl hatte, dass nur eine gravierend andere Herangehensweise einen Durchbruch bringen würde. Mir war immer klar, dass die so genannte konventionelle Therapie mir nur Zeit verschaffen würde, im besten Fall einige Jahre, mich aber nicht würde heilen können. Trotzdem ging es mir, da ich ja nicht wissen konnte, wie viel Zeit mir noch blieb, nach meiner Entlassung aus dem Krankenhaus vor allem darum, mich im Alltag einigermaßen wohlzufühlen. Als ich zum ersten Mal wieder, obwohl körperlich noch ausgesprochen schwach, auf mein Fahrrad stieg, wollte ich mir einfach beweisen, dass ich das wieder kann, wollte meinen Körper, meine eigene Kraft ganz intensiv spüren. An anderen Tagen bin ich auf unseren Hof gegangen und habe dort lange und ausdauernd geschaukelt, dem Himmel entgegen, sozusagen. Ich habe gespürt, dass mir das guttut und die Bewegung meines Körpers genossen, habe mich daran erinnert, wie ich als kleines Mädchen geschaukelt habe. So begann ich nach und nach, mich in meinem Körper wieder wohler zu fühlen. Ganz allmählich verschwand das Empfinden übergroßer Verletzbarkeit.

Natürlich habe ich auch jetzt keinerlei Garantie, auch jetzt würde keiner der Ärzte von so etwas wie Heilung sprechen. Zumal ich nicht einschätzen kann, wie oft es vorkommt, dass ein Patient, dem sie keine Heilungschancen mehr einräumten, wenige Zeit später ohne auffälligen Ultraschall- und Laborbefund ist. Die Botschaft »Freuen Sie sich bloß nicht zu früh«, die mir bei meinen Arztterminen immer wieder entgegenschlägt, ist mir trotzdem vollkommen unverständlich. Warum sollte ich mich nicht freuen? Was, wenn nicht dieser

Krankheitsverlauf, ist denn Anlass zur Freude? An dem Tag, an dem die Ultraschalluntersuchung ohne Befund blieb und damit bestätigte, was mein Körpergefühl mir schon vermittelt hatte, bin ich mit dem Fahrrad am Flussufer entlanggefahren und habe laut geschrien vor Glück. Ein wahrer Endorphinrausch.

Ich selbst bin davon überzeugt, dass ich auf einem guten Weg bin. Und denke, dass der Glaube an meine Heilung und meine positive Einstellung das größte Pfund sind, was ich hier in die Waagschale werfen kann. Ich achte sehr darauf, dass mich die kritischen Reaktionen der Ärzte nicht davon abbringen, mir nichts von dem Vertrauen nehmen, das mich intuitiv den richtigen Weg für mich finden lässt.

Selbstliebe

»Als ich mich wirklich
selbst zu lieben begann,
konnte ich erkennen,
dass emotionaler Schmerz und Leid
nur Warnung für mich sind,
gegen meine eigene Wahrheit zu leben.«
Charlie Chaplin

Wenn ich heute Fotos von mir anschaue, die vor einem Jahr entstanden sind, spiegeln mir diese Bilder eine vergangene, aber keineswegs unbeschwertere Zeit als mein Hier und Jetzt, in dem ich sehr viel gereifter und mit mir im Reinen bin. Ich erkenne nunmehr die letzten zwei oder drei Jahre vor meiner Erkrankung als den genommenen Irrweg, jene Jahre, in denen mir wichtige Dinge abhandengekommen sind, ich nicht mehr so genau sagen konnte, worin mein Weg eigentlich bestand.

Der Mensch, der ich heute bin, hat wieder angefangen, sich selbst zu lieben, seinen inneren Wert wieder stärker wahrzunehmen. Jeder von uns hat ja Kindheitsmuster und Dispositionen, die er nicht so bewusst wahrnimmt, welche ihm aber immer wieder dieselben Mechanismen bescheren und bestimmte Szenarien stets aufs Neue erzeugen. Erst im letzten halben Jahr habe ich verstanden, wie tief Glaubenssätze wie »Ich bin nicht gut genug« oder »Ich bin erst gut genug, wenn ich etwas Gutes tue« tatsächlich in mir verwurzelt sind. Glaubenssätze, die auf der inneren Überzeugung basieren, etwas besonders gut machen zu müssen, um überhaupt wahrgenommen zu werden. Mir ist klar geworden, wie sehr ich von einem inneren Perfektionismus, vom Bedürfnis, dem Bild zu entsprechen, das sich andere von mir machten, getrieben war. Und dass es Bilder wie diese waren, die mich unter jenen Druck setzten, stark und souverän sein zu müssen.

»Was du von mir denkst, geht mich nichts an« ist einer meiner neuen Glaubenssätze geworden, weil ich inzwischen weiß, dass ich den Draht zu mir selbst verliere, wenn ich anfange, mich auf das Denken anderer über mich einzulassen. Um das zu verinnerlichen, musste ich einen langen Weg gehen, der den Abschied von altbekannten Mustern bedeutete. Schon von Kindesbeinen auf hatte ich ausgesprochen gute Antennen dafür entwickelt, was andere Leute um mich herum spüren oder fühlen, war ich sehr aufnahmefähig für Stimmungen – eine Fähigkeit, die man vor allem braucht, wenn man gefallen und sich an Erwartungen anderer anpassen möchte. Dahinter steht der tiefe Wunsch, von anderen wahrgenommen zu werden. Als Kind habe ich gelernt und immer mehr verinnerlicht, dass diese Wahrnehmung durch gute Leistungen zu erreichen ist, dass es außergewöhnlicher Fleiß und Klugheit sind, die Anerkennung verschaffen. Eine, so weiß ich heute, sehr ineffektive Methode des Aufmerksamkeitsgewinns. Warum nicht lieber aktiv Zuwendung einfordern? Statt Wünsche offen zu formulieren, war ich früher beleidigt, reagierte leicht aggressiv, wenn jemand sich mir nicht unaufgefordert widmete. Ergebnis schmerzlicher Kindheitserfahrungen, wie mir heute klar ist.

Durch meine neue Sicht auf die Dinge bin ich zwar kein völlig anderer Mensch geworden, habe aber verstanden, welche enorme Bürde so ein Mangel an Selbstwertgefühl mit sich bringt. Und dass mein Wert als Mensch unabhängig von Beweisführungen gegenüber Dritten ist. Heute sehe ich mich im Spiegel an und liebe mich, so wie ich bin. Wenn etwas Blödes passiert, sage ich zu mir selbst: »Und ich liebe dich trotzdem.«

Ich hatte früher oft das Gefühl, meine Eltern hätten einiges versäumt, sich nicht so um mich gekümmert, wie es ihre Aufgabe gewesen wäre. Erst in den letzten Lebenswochen meiner Mutter habe ich verstanden, dass meine Eltern immer ihr absolut Bestes gegeben haben – wofür ich ihnen jetzt sehr dankbar bin. Und dass es meine Aufgabe ist, jene Dinge selbst zu verändern, denen meine Eltern nicht die Prägung geben konnten, die ich für wichtig halte. Ich habe verstanden, dass ich mir selbst geben kann, was ich brauche – und dass dies gar nicht so besonders schwer ist, wenn man weiß, wie es geht. Und dass diese Sicht auf das Leben sehr viel glücklicher macht. Toleranter und offener für die Schwächen anderer Menschen. Liebevoller. Ich bin heute ein Mensch, der sich unglaublich gern mag. Und es berührt mich sehr, wenn ich daran denke, wie einfach das ist und wie schwer ich mich mit dieser Erkenntnis getan habe.

Mir Sätze wie »Ich liebe und akzeptiere mich so wie ich bin« oder »Ich bin gesund und voller Energie« immer wieder zu sagen, hat sich am Anfang sehr seltsam angefühlt – zumal in meinem Zustand, der ja damals noch weitaus weniger stabil war als heute. Aber schon damals habe ich gewusst, dass ich mit dem stetigen Wiederholen solcher Aussagen meinem Körper eine Richtung, ein Ziel vorgebe, dem er dann auch folgen wird. Wenn man geheilt werden möchte, ist es nicht sinnvoll, bei der Beschreibung seines Krankheitszustandes zu verweilen. Das konnte ich sehr schnell körperlich spüren, an meinem Glücksgefühl, an meiner wachsenden Kraft.

Auch das tägliche Funktionieren meines Körpers, meiner Organe schätze ich inzwischen sehr. Dies zu artikulieren, meinen Körper ausdrücklich positiv zu beachten und zu bejahen, führt zu einem deutlich spürbaren, besseren körperlichen Befinden. Deshalb glaube ich auch, dass man, wenn man Probleme mit dem eigenen Körper hat, sich vor allem darauf konzentrieren sollte, dessen gutes Funktionieren zu loben. Eine Art Umprogrammierung des Körpers durch die Kraft der Gedanken vorzunehmen.

Wie soll mein Weg weitergehen?

»Jeder von uns hat etwas Unbehauenes,
Unerlöstes in sich,
daran unaufhörlich zu arbeiten
seine heimlichste Lebensaufgabe bleibt.«
Christian Morgenstern

Natürlich will ich das, was ich im letzten halben Jahr für mich entwickelt und als gut herausgefunden habe, auch in Zukunft fortsetzen. Dabei geht es mir nicht darum, einen weit in die Zukunft reichenden Plan zu verfolgen, sondern mich weiterhin auf das zu konzentrieren, was man mit der banal klingenden Wendung »Leben im Hier und Jetzt« zusammenfassen könnte. Denn die Einfachheit des Satzes nimmt der Erkenntnis, dieser neuen Art, mein Leben wahrzunehmen, ja nichts von ihrer Großartigkeit. Selbst wenn man längerfristig plant, ist das Jetzt der einzige Moment, in dem man seine Lebenssituation ehrlich prüfen kann, spüren kann, ob man sich noch auf dem richtigen Weg befindet oder doch wieder Dinge aus dem Ruder laufen. Diese Selbstreflexion habe ich in den letzten Monaten intensiv trainiert und damit mein diesbezügliches Bewusstsein enorm geschärft. Das Leben gibt immer wieder Zeichen, auf die ich direkt reagieren kann – vielleicht hat es das auch früher schon getan, nur dass ich sie überhört habe. Hinzu kommt, dass die extreme Todesangst, wie ich sie im vergangenen Jahr erfahren habe, mir die Angst vor vielen anderen Dingen genommen hat, die mich früher umgetrieben und beunruhigt haben. Was wiederum dazu beiträgt, dass ich noch entspannter mit meinem Leben umgehen kann, weniger von Bedenken und Sorgen getrieben bin.

Inzwischen gelingt es mir sogar, schwierige oder unerfreuliche Arztgespräche vor allem als Trainingssituationen wahrzunehmen, in denen ich meine Positionierung, meine eigenen Entscheidungen überprüfen und festigen kann. In denen ich mir wieder verdeutliche, dass das Mitgehen mit einer vorgefertigten, erprobten Meinung oder Herangehensweise nur scheinbar eine größere Sicherheit bietet; der einzige Mensch, der weiß, was ich will, jedoch immer ich selbst bin. Je öfter ich solche Situationen durchlebe (denn solange ich beispielsweise auf Ärzte treffe, hören derlei Konfrontationen ja nicht auf), desto sicherer und klarer werde ich wieder in meinen eigenen Entscheidungen.

Was ich definitiv nicht will, auch vor diesem Hintergrund der immer wieder nötigen Selbstreflexion, ist eine schnellstmögliche Rückkehr in einen mit Arbeit und Stress angefüllten Alltag. Gerade weil in meinem Fall noch viel offener ist als bei vielen anderen Menschen, wie lange ich weiter auf dieser Welt sein kann, ist meine Herangehensweise eine ganz andere geworden, stellt sich die Frage nach einem Alltag im Sinne der früheren Routinen nicht mehr. Ich bin in Bezug auf mein Leben und die Art, meine Zeit zu verbringen, nicht mehr zu Kompromissen bereit. Zumindest nicht mehr, als es das Leben mit zwei Kindern ohnehin erfordert. Ich will keine halbgaren

Dinge mehr. So würde ich beispielsweise nicht mehr arbeiten gehen, nur um Geld zu verdienen – dann lieber mit wenig Geld auskommen, als mich in so eine Situation zu begeben. Arbeit, die mir Spaß macht, finde ich völlig in Ordnung, reinen Broterwerb im Sinne dieses Wortes inakzeptabel.

Natürlich wünsche ich mir, sehr alt zu werden, noch viele Jahre zu leben – aber ich weiß eben nicht, ob das möglich sein wird und bin nach wie vor voller Demut, was die mir bleibende Zeit angeht. Was damals aus dem Lot geraten ist, ist ja wiederholbar und nicht unwiderruflich verschwunden. Und eine Rückkehr wäre katastrophal: So viele Chancen, mein Leben wieder in die richtige Bahn zu bringen, wird mein Körper mir wohl nicht geben. Solche Überlegungen bescheren mir natürlich auch heute noch Momente, in denen die Angst mich einholt. Wie auch jene Tage, an denen ich im Web lese und dort natürlich auch Dinge und Meinungen finde, die mich eher verunsichern als stärken. Dann muss ich mir immer wieder klar machen, dass dort ja nichts über mich steht oder gesagt wird, weil niemand dort mehr über mich weiß als ich selbst, niemand meinen Körper besser kennt als ich. Und ich muss mich auf mein Vertrauen in mich besinnen, das viel größer ist, als Vertrauen in einen anderen Menschen überhaupt sein kann. Und das immer weiter wächst, was mich auch noch immuner gegen andere Sichtweisen sowie toleranter gegenüber einem System macht, gegen das ich mich in seiner Übergriffigkeit einfach auch schützen will und muss. Oder anders gesagt: Abstrakt kann ich für die Perspektive der Ärzte Verständnis haben, persönlich ist es für mich essentiell, mich von ihr abzugrenzen.

So hatte ich vor Kurzem ein Gespräch, um das mich eine der behandelnden Ärztinnen gebeten hatte, nachdem ich den Wunsch geäußert hatte, den Port, also den Zugang für Infusionen, Chemotherapie etc. in meinem Arm, entfernen zu lassen. Weil es im Vorfeld schon einmal eine recht offene Unterhaltung zwischen dieser Ärztin und mir gegeben hatte, war ich von einer Fortführung ausgegangen, die sich vor allem darauf konzentrieren würde, mir einige Empfehlungen zu geben, die auf ihrer langjährigen Tätigkeit und Erfahrung basieren. Das Gespräch begann mit der Frage, ob sie nun offen mit mir reden solle, was ich bejahte. Daraufhin fing die Ärztin an, mir zu erläutern, dass der Brustkrebs bisher noch überhaupt nicht therapiert worden sei, da es ja noch keine Operation oder etwas ähnlich »Greifbares« gegeben hätte. Außerdem erinnerte sie mich an die zwei noch ausstehenden Chemotherapien. Die ersten vier hätten zwar hervorragend angeschlagen, aber eine Entfernung des Ports könne sie auf keinen Fall empfehlen. Diese Ausführungen überraschten mich, war ich doch nicht gekommen, um die Portentfernung noch einmal zu diskutieren. Als ich ihr sagte, dass meine Entscheidung getroffen sei, konterte sie mit der Frage: »Was machen wir denn, wenn das alles wieder wächst?« Ich habe sie gefragt, ob es ihr darum ginge, mir Angst zu machen und mich nach ihrer Motivation für dieses Gespräch erkundigt. Aber schon ihre Antwort machte mir ihr Hauptanliegen überdeutlich: Ihr war vor allem wichtig, die beabsichtigte Botschaft »Abraten von der Portentfernung« zu platzieren.

Das Gespräch hat mir einmal mehr sehr deutlich gezeigt, dass ein Verständnis für meine Sichtweise viele Aspekte des

Arztberufs in seiner heutigen Ausübung sehr grundsätzlich in Frage stellen würde. Den Port habe ich dann am Tag darauf, wie geplant, entfernen lassen. Und auch das hat sich gut und richtig angefühlt. Nicht die Operation selbst, die mich eher beängstigte. Aber die Entfernung, die ja auch eine positive Botschaft an meinen Körper war: Ich brauche den Port nicht mehr, weil ich keine Chemotherapie mehr brauche.

Heute ist der schönste Tag meines Lebens

»Carpe diem.«
Horaz

Was mir jeden Tag wieder deutlich wird, ist die ganz neue Tiefe des Genießens, die ich seit meiner Erkrankung entwickelt habe. Ich kann mich an vielem ganz anders erfreuen als früher. Heute beispielsweise bin ich am Fluss entlanggefahren und habe das Wasser beobachtet, mich einfach nur in seine Schönheit vertieft. Dies so intensiv wahrzunehmen und zu spüren, dazu bin ich erst jetzt in der Lage. Jetzt, mit dem Gefühl des Glücks über mein reines Auf-dieser-Welt-Sein, ganz anders als vor einem Jahr, wo das eben etwas ganz Normales war. Das Wissen darum, dass das Leben im Jetzt das ist, was uns glücklich macht, das Wissen um die Begrenztheit der Zeit auf dieser Erde, ist bei mir omnipräsent und greifbar, ist fester Bestandteil meines täglichen Lebens.

Vielleicht bringt es dieses Erlebnis noch einmal gut auf den Punkt: Bei all der Härte, die diese Erkrankung für mich war und ist, war sie eben auch die Chance, genau dies zu begreifen, das »Kopfkino« auszuschalten – das pausenlose Nachdenken über Zukünftiges und Vergangenes, das den Blick auf die Schönheit des Moments verstellt. Dieser neue Umgang mit mir selbst, die distanziertere und entspanntere

Sicht auf die Meinungen anderer über mich oder Dinge, die mir wichtig sind, empfinde ich als große Verbesserung in meinem Leben – etwas, wofür ich der Erkrankung heute geradezu dankbar bin.

Ich fühle mich total wohl, sehe erholt aus, sicher auch weil mein derzeitiger Zustand durch das Privileg charakterisiert ist, dass ich mich sehr ausgiebig um mich selbst kümmern kann – was ich, wenn ich es genau bedenke, auch schon früher hätte haben können, wenn es mir wirklich wichtig gewesen wäre. Natürlich ist ein Leben weitestgehend ohne Arbeit nicht immer und für jeden möglich. Aber »für sich sorgen« muss ja nicht gleichbedeutend sein mit »nicht arbeiten«, oft reicht auch ein »weniger arbeiten«, es gibt viele kleinere Spielräume, die wir im Alltag oft gar nicht so wahrnehmen. Unser Leben besteht häufig so sehr darin zu arbeiten, zu ackern und Dinge zu erledigen, dass wir den Gestaltungsspielraum, den wir doch tatsächlich haben, kaum noch wahrnehmen. Von früh bis spät treibt uns die Überzeugung an, dass es auf uns ankommt oder dass wir Wesentliches verpassen. Wie viel von der Zauberkraft unseres Herzens geht verloren, bei all diesem Gehetze, Getrete und Gerenne, unserem Getriebensein? Warum reicht es uns nicht, einfach nur zu existieren, sich auf das zu besinnen, was in uns liegt?

Ich meide heute, so gut ich kann, Situationen, in denen Druck entstehen kann, der mir nicht guttut. Was mir die erstaunliche Erfahrung beschert hat, dass sich das Leben um mich herum, die Menschen in meinem Umfeld jetzt stärker mir zuwenden, als dass ich mich Dingen ausliefern muss, die mir meinen jetzt gewählten Alltag erschweren. Und mir ist sehr viel bewusster als früher, dass ich diejenige bin, die bei Bedarf eine Grenze ziehen muss – und kann. Treten schwierige, stressige, anstrengende Situationen auf, kann ich das Problem, das für mich daraus erwächst, problemlos ansprechen. Oder mich zurückziehen und die anderen Menschen – ohne mich – das tun lassen, was ihnen wichtig ist. Zumal ich mir momentan auch noch absolute Schonfrist gebe: Selbst wenn andere Menschen in meiner Situation sich vielleicht schon wieder mehr zumuten würden, weiß ich definitiv, dass es für mich derzeit das Beste ist, alles langsam anzugehen. Die Welt so zu sehen und zu genießen ist viel zu schön, als dass ich mich beeilen möchte. Außerdem muss ich mir nichts mehr beweisen, was meine Arbeit oder meine beruflichen Fähigkeiten angeht – auch sie haben an Bedeutung verloren.

Trotzdem fühlt sich das Leben, das ich momentan führe, sehr nach Normalität an – nach sehr schöner Normalität. Und auch wenn man das, was ich derzeit tue, als Arbeit an mir selbst bezeichnen könnte, trifft der Begriff es nicht wirklich, weil mir all diese Dinge sehr viel Spaß machen, ich dabei ungeheuer viel lerne und erfahre. Und spüre, wie gut sie mir tun. Zumal ich auch in diesem Prozess ja die alleinige Entscheiderin bin, Dinge weglassen kann, wenn sie meinen Erwartungen doch nicht gerecht werden oder wenn ich nach neuen Ansätzen suche.

Ein perfekter Tag wäre, nach meinen heutigen Vorstellungen, im Grunde ein sehr schlichter: Einfach das Beisammensein mit den Menschen, die mir am liebsten sind. Frei sein von Terminen und Verpflichtungen, Zeit haben gemeinsam zu überlegen, worauf man Lust hat. Herumtoben, spazieren gehen, baden, gemeinsam Essen zubereiten – all die einfachen Dinge, durch die sich das Leben schön und ausgeglichen anfühlt. Zeit für mich allein zu haben, meditieren zu können, genieße ich ebenfalls sehr, aber das andere hat eindeutig Vorrang.

Vor einigen Wochen war ich zum zweiten Mal in Brasilien, dieses Mal unter ganz anderen Voraussetzungen als beim ersten Mal. Von Anfang an war spürbar, dass ich viel weniger unter Druck stand, ganz einfach weil ich als entspannter, gesunder Mensch reiste. So konnte ich alles, was dort geschah, noch einmal auf ganz neue Weise wahrnehmen, dominierte dieses Mal die Vorfreude auf einen Ort, den ich als sehr schön empfinde, der sich anfühlt wie eine Insel. Ein Ort, an dem ich erneut Kraft und Energie tanken und ruhig abwarten konnte, welche Fragen sich jetzt für mich formulieren.

Ebenfalls eine Art Zäsur war mein diesjähriger Geburtstag, der ja nicht nur mein 43. sondern auch mein 1. war. Ich feierte ihn mit einem Tanzfest, das schon am Vorabend begann. Die kleine Rede, die ich um Mitternacht hielt, soll das Ende dieses Kapitels sein, weil sie so vieles noch einmal sehr auf den Punkt bringt:

»Dieser Geburtstag ist für mich ganz anders als alle vorher. Ich schaue mit anderen Augen auf mich und auf diese Welt. Es war ein besonderes Jahr für mich – anfänglich sehr schmerzhaft. Ich hatte Angst, große Angst. Aber ich empfand es auch als ein sehr spannendes und glückliches Jahr. Ich habe gelernt, wie wichtig es ist, an sich und seine innere Kraft zu glauben. Zu spüren, dass ich viel kraftvoller und mutiger bin, als ich dachte. Ihr habt mir geholfen dabei – es gab viele liebe Menschen, die uns unterstützt haben. Ihr habt für uns gekocht, euch um Amon gekümmert, mir ganz viele liebe Briefe + Päckchen geschickt, mich im Krankenhaus aufgemuntert, seid einfach für mich da gewesen und habt auch in unserer Firma lange Wochen ohne Lars und mich den Betrieb am Laufen gehalten. Es war eine ungeheuer wichtige Erfahrung für mich, zu spüren, dass ich auch liebenswert bin, wenn ich schwach bin. Zu erfahren, dass ich für eure Zuneigung nichts tun muss. Dafür möchte ich euch allen danken, auch den Freunden, die heute nicht da sein können. Und besonders danken möchte ich **meinen Jungs**: meinen beiden Söhnen – Amon und Leon. Irgendwann im vergangenen Sommer habe ich Leon mal gefragt, wie es ihm geht, ob er sich Sorgen macht. Darauf hat er gesagt: ‚Nein Mama, ich weiß, dass du das schaffst!‘

Und besonders danken möchte ich auch meinem edlen Ritter Lars, den ich über alles liebe. ‚Auch aus Steinen, die uns in den Weg gelegt werden, können wir etwas Schönes bauen.‘ «

Was mir guttat und guttut

Wie finde ich heraus, was mir guttut und was mir hilft?

Als jene Dinge, die ich in all den Büchern las, immer mehr zu meiner eigenen Überzeugung wurden, hatte ich ein regelrechtes Gefühl von Erleuchtung. Auf einmal war alles in sich viel schlüssiger, logischer. Am liebsten wollte ich jeden Menschen an dieser neuen Sichtweise teilhaben lassen, weil ich die alte für eine limitierte halte, die wir schnellstmöglich hinter uns lassen sollten. Immerhin ist Krebs so etwas wie die Seuche unseres Zeitalters. In Deutschland erkranken jährlich über 400.000 Menschen, fast die Hälfte von ihnen stirbt daran – das sind ungleich mehr Krebskranke als noch vor fünfzig Jahren. Auch wenn seinerzeit sicher viele Krebserkrankungen nicht als solche diagnostiziert wurden, bestreitet niemand, dass die Zahl der Fälle in den letzten Jahrzehnten enorm angestiegen ist und weiter zunehmen wird. Expertenschätzungen gehen derzeit davon aus, dass es bis 2050 einen weiteren Anstieg um ca. 30 Prozent geben wird.

Das Problem an der heutigen Situation ist ja, dass man, wenn Krebs einmal diagnostiziert wurde, unweigerlich in die Mühlen jener schulmedizinischen Behandlungen hineingerät, die auch ich in den Monaten nach der Diagnosestellung erlebt habe. Und damit auch die nachteiligen psychologischen Effekte erlebt, die aus dem Verständnis von Krebs als ultimativer Bedrohung erwachsen. Dass man einer

Diagnostik unterzogen wird, die immer nur eine Ausrichtung kennt: die alternativlose Fortführung der schulmedizinischen Therapie.

Ich bin mir sicher, dass eine Herangehensweise, wie sie Andreas Moritz in seinem Buch »Krebs ist keine Krankheit« beschreibt, viele Menschen vor dem Krebstod bewahren würde. Ich selbst bin inzwischen an einem Punkt, an dem ich bezweifle, dass diese fortwährenden Arztbesuche irgendeinen Nutzen oder positiven Effekt haben. Natürlich kann man Ultraschalluntersuchungen vornehmen, weil sie den Körper nicht so stark schwächen wie Operationen oder so massiv schädigen wie CTs. Aber auch hier gerät man immer wieder in denselben Teufelskreis: Da kommt jemand, ausgestattet mit einer gehörigen gesellschaftlichen Autorität, von außen und beurteilt den Zustand deines eigenen Körpers. Und auch wenn du dich innerlich schon sehr von diesem Urteil abgegrenzt hast, werden seine Bewertungen irgendetwas in dir auslösen, dich verunsichern und ängstigen.

Denkt man meine jetzige Überzeugung »Heilen kann nur ich mich selbst« zu Ende, bringen derlei Verunsicherungen nur vom selbstbestimmten und eigenverantwortlichen Prozess ab. Natürlich fühlt es sich für uns, die wir alle nicht besonders trainiert in unserer Körperwahrnehmung sind, immer sicherer an, wenn es ein Gegenüber gibt, mit dem man sich austauschen oder beraten kann. Ein Gegenüber, das den Zusammenhang zwischen den verschiedenen Prozessen im Körper erklärt, worüber eine geschulte Person eben mehr weiß als man selbst. Und vergleichbare Fälle kennt, an denen man sich orientieren kann. Aber das kann eben auch ein Heilpraktiker oder ein ehemals selbst Erkrankter mit seiner weniger autoritären Denkstruktur sein. Von klassischen Schulmedizinern erhoffe ich mir da nicht mehr viel. Und solche Anhaltspunkte wie Blutwerte sind ja nichts als Laboruntersuchungen, die ein Heilpraktiker, nach meinen Erfahrungen, oft ganzheitlicher interpretiert als ein Arzt.

Natürlich ist man, sobald man den Weg der selbstbestimmten Suche nach dem, was für den eigenen Körper und Geist gut und richtig ist, beschreitet, mit einer ungeheuren Vielzahl von Meinungen in Form von Büchern, Websites, Kommentaren und Ähnlichem konfrontiert. Wie soll man da die richtigen und wichtigen herausfiltern? Ich bin inzwischen davon überzeugt, dass es eine Art intuitiven Zugriff gibt, nach dem man immer wieder jene Angebote für sich findet, die zur momentanen Situation und den aktuellen Bedürfnissen passen. So habe ich in der ersten Zeit vor allem Bücher gelesen, die über Ergänzungen zur schulmedizinischen Herangehensweise nachdachten. Jene Bücher, die letztendlich zur jetzigen Revolutionierung meiner Sichtweise führten, habe ich damals noch beiseite gelegt, weil die Zeit und ich selbst dafür noch nicht reif waren.

Erst als ich innerlich dazu bereit war, folgten Texte über Alternativen zur schulmedizinischen Behandlung meiner Krebserkrankung, über Geistheilungsverfahren, Ernährungsumstellungen etc. Die darin entwickelten Ansätze fügten sich ja nach und nach zu einer Art Gesamtkonzept, mit dem ich meinen jetzigen guten Allgemeinzustand erreichen konnte. Das von Autoren wie Andreas Moritz beschriebene Verständnis von Krebs als ultimativem Warnhinweis des Körpers war nur ein weiterer Schritt, der sich mir aber in seiner Argumentation als völlig logisch erschloss. Und natürlich noch einmal ganz neue Fragen aufwarf. – Im Nachhinein ein in sich plausibler psychologischer Entwicklungsprozess: Die vielen kleinen Schritte zu meiner neuen Selbstwahrnehmung bauten ausgesprochen logisch aufeinander auf. Und die Richtigkeit jedes einzelnen war für mich konkret spürbar – so direkt wie bei der Ernährungsumstellung oder auch indirekter, durch die Verbesserung meiner körperlichen Verfassung, die ich durch andere Dinge erreichen konnte.

Dennoch: Bei alldem, was ich inzwischen für mich und meinen Körper tue, gibt es keinen »Generalplan«, verlasse ich mich vor allem auf meine Intuition, entscheide ich immer wieder aufs Neue, was mir immer noch guttut und was eventuell nicht mehr so wichtig ist. Und immer wieder sind es auch »Fachpersonen«, die ich mir zu Hilfe hole. Am Anfang jedes neuen Schrittes stand und steht ein von mir formuliertes Problem, ein Anliegen, eine Fragestellung, oft ein Resultat aus vorangegangenen. Was eigentlich auch deutlich macht, warum der Weg, den ich jetzt gehe, mir nicht mehr als eine Phase, sondern als den Rest meines Lebens prägende Herangehensweise erscheint. Dabei geht es immer auch darum, das zu pflegen, was ich gern als das »Kind in mir selbst« bezeichne – mein ganz ursprüngliches, unverfälschtes Ich, das für mich selbst in meiner unverfälschten Einzigartigkeit steht, was die Begegnung mit ihm zu etwas ungeheuer Positivem macht. Kinder können ja auch eine Bereicherung sein, weil sie uns aus unserem oft so zweckgerichteten Handeln herausholen, uns dazu bringen, auch mal etwas Lustiges, Sinnloses zu tun. Einfach nur, weil es Spaß macht, Freude bringt. Eben verrückt sein, verrückt bleiben.

Damit eng verbunden ist auch der Vorsatz, mich mit all den möglichen Ansätzen und Aktivitäten nicht »zuzupflastern« – es muss auch immer noch Luft und Raum für andere Dinge bleiben. Auf keinen Fall soll mein Kümmern um mich selbst mein Leben auf andere Weise in den alten, von Verpflichtungen und Terminen dominierten Zustand zurückführen. Vor kurzem habe ich eine Infusionsbehandlung im Krankenhaus ausfallen lassen. Ich bin einfach spontan nicht hingefahren, habe nicht einmal abgesagt, weil das dort ohnehin niemanden interessiert hätte. Bei dieser Gelegenheit ist mir einmal mehr bewusst geworden, wie wenig real die Zwänge, denen wir unterliegen, oft sind, wie häufig wir uns aus Höflichkeit oder Verpflichtungsgefühl zu Dingen zwingen lassen, die wir gar nicht wirklich möchten oder brauchen. Allein die Entscheidung, einen Termin, der mir selbst nicht länger wichtig erscheint, einfach platzen zu lassen, empfinde ich immer noch als radikal – was zeigt, wie tief ich noch in solchen gedanklichen Zwängen stecke.

Ernährungsumstellung nach Johanna Budwig

Die Ernährungslehre von Johanna Budwig lässt sich zwar mit wenigen Worten umreißen, empfiehlt sie doch Krebspatienten eine radikale Umstellung der eigenen Ernährungsweise, die im Wesentlichen auf einem Verzicht auf tierische Produkte (außer Quark) und dem Essen von viel frischem Obst und Gemüse und einer speziellen Leinöl-Quark-Creme basiert. Diese einfache Formel soll jedoch nicht darüber hinwegtäuschen, dass hinter diesem Ansatz eine komplexe Theorie steht, die Budwig aus ihrer wissenschaftlichen Arbeit als diplomierte Chemikerin und Physikerin heraus entwickelt hat.[1] Diese Theorie, die in eine zu ihrer Zeit revolutionär neue Behandlung von Krebspatienten mündete, wurde von ihr über viele Jahre hinweg praktisch angewendet – die Genesungsquote der so behandelten Personen lag zwischen 80 und 90 Prozent.

Ich selbst habe mich schon in den ersten Wochen meiner Erkrankung zum ersten Mal mit Budwigs Ansatz beschäftigt, damals allerdings noch zögerlich und ohne die nötige innere Entschlossenheit. Zu diesem Zeitpunkt kam mir der Weg einer einfachen Ernährungsumstellung zu trivial und in der Wirkung zu zweifelhaft vor. Eine so gravierende Erkrankung schien drastischere Maßnahmen zu brauchen.

---

1 Ausführliche Informationen dazu finden Sie in den Büchern von Johanna Budwig (s. meine Leseempfehlungen im Anhang).

Außerdem hatte ich nach dem enormen Gewichtsverlust von mehr als 10 Kilogramm und der körperlichen Schwächung durch die Operationen erst einmal das Gefühl, nur lustbetont essen, vor allem Kalorien anhäufen zu wollen. Erst nach meiner Rückkehr aus Brasilien habe ich meine Ernährungsweise wirklich radikal umgestellt, zunächst motiviert durch ein anderes Buch, das die These vertrat, dass Krebs eine Folge des Sauerstoffmangels in den Körperzellen sei. Hervorgerufen werde diese Unterversorgung beispielsweise durch Verschlackung, Gallensteine, psychischen Stress, Angst – alles Faktoren, die die Membrandurchlässigkeit verringern. In diesem Zusammenhang stieß ich auf Johanna Budwig, die eben dieses Phänomen schon in den 1950er Jahren in ihren Forschungen berücksichtigte und nach Möglichkeiten suchte, hier ernährungstechnisch Abhilfe zu schaffen. Als einen maßgeblichen »Problemherd« identifizierte sie bereits damals die künstlichen Fette – in einer Zeit, in der Margarine als Brotaufstrich deutschlandweit ausgesprochen populär war. Eine Kampfansage an die Industrie, die sie aber aufgrund ihrer fundierten Ausbildung wissenschaftlich plausibel untermauern konnte.

Ihr Ansatz, der einer kompletten Ernährungsumstellung, weg von tierischen und künstlichen Fetten und tierischen Eiweißen, klingt zunächst schwer umsetzbar. Andere Ratgeber greifen da kürzer und sind dadurch auch mit weniger radikalen Veränderungen zu befolgen, verwässern den Ansatz aber so weit, dass ich sie in ihrer Wirksamkeit fragwürdig finde. Nachdem ich mich über mehrere Monate hinweg nach den Vorgaben von Johanna Budwig ernährt habe, fällt mir die strikte Einhaltung nicht mehr schwer. Schwieriger ist der organisatorische Teil: Meine neue Ernährungsweise erfordert einen enormen Aufwand, weil einem so viele Möglichkeiten der eiligen Nahrungsbeschaffung, die ja unseren schnelllebigen heutigen Alltag so deutlich prägen, verschlossen bleiben. Ich kann nicht mehr »mal eben schnell« im Restaurant Mittag essen gehen oder mir einen Snack an der Ecke kaufen. Damit sind die Auswirkungen auf den Alltag erheblich, haben aber auch eine Umstellung des Denkens und Handelns zur Folge, die ich durchaus positiv finde: Die Beschäftigung mit der eigenen Ernährung und damit auch dem eigenen Körper nimmt wieder viel mehr Raum ein, ist jeden Tag einem aktiven Bemühen ausgesetzt, was wiederum eine sehr positive Botschaft an den Körper, an die eigenen Zellen übermittelt, ihnen sagt: »Ich kümmere mich um Dich«. Bei der Beschäftigung mit Budwig ist mir bewusst geworden, wie ungesund unsere normale Ernährung eigentlich ist, dass Restaurants z. B. oft das Gegenteil von Qualität verkaufen. Wenn man sich beispielsweise klar macht, dass Margarine sich in ihrer Molekülstruktur nur geringfügig von Plastik unterscheidet, ist es eigentlich auch kein Wunder, dass sie die Menschen innerlich verklebt.

Für mich sehr deutlich spürbar war die Verbesserung der Fließeigenschaften meines Blutes durch die Budwig-Ernährung. Ohne schlechtere Gerinnungseigenschaften zu haben, ist es insgesamt viel dünnflüssiger und kann damit auch die entlegenen Körperzellen besser mit Nährstoffen und Sauerstoff versorgen. Das ist sogar den Ärzten bei verschiedenen Untersuchungen aufgefallen. Wenn man sich mit diesem

Phänomen beschäftigt und versteht, dass dickflüssigeres Blut als schlechteres »Transportmittel« im Körper in logischer Konsequenz zu Erkrankungen führen kann, unterscheiden sich die Ursachen von Krebs weniger als vermutet von denen der Herz-Kreislauf-Erkrankungen und anderer gesundheitlicher Probleme.

Durch die Auswirkungen, die ich an mir selbst beobachten konnte, bin ich davon überzeugt, dass diese Ernährungsumstellung erheblich dazu beiträgt, die Gefahr einer erneuten Krebserkrankung zu verringern. Deshalb steht für mich außer Zweifel, dass ich diese Art mich zu ernähren auch weiterhin aufrechterhalten werde – zumal sie nach den ersten Wochen der Umgewöhnung schon deutlich alltagskompatibler geworden ist. Und ich die Zeit, die ich in die Zubereitung des Essens investiere, inzwischen als sehr wertvolle Zeit betrachte, nicht mehr als lästige Notwendigkeit, die es abzukürzen gilt. Natürlich wird es immer mal wieder Phasen geben, auf Reisen beispielsweise, in denen ich zu Kompromissen gezwungen bin. Aber als Grundausrichtung ist und bleibt diese Ernährung mein Maßstab. Interessanterweise verändert sich nach einiger Zeit das eigene Essverhalten: Mittlerweile habe ich auf viele Dinge, von denen Johanna Budwig abrät, gar keinen Appetit mehr.

Meditation und positive Affirmationen

Auf meiner Suche habe ich eine ganze Reihe von Meditationen für mich entdeckt, die ich fast täglich höre. Oft nehme ich mir tagsüber oder abends eine halbe Stunde Zeit dafür, höre Sublimierungsaufnahmen, in denen die Glaubenssätze in Klang- oder Geräuschkulissen so versinken, dass man sie eher unterbewusst aufnimmt, als direkt versteht. Dadurch kann ich sie sogar einsetzen, wenn ich mit anderen Dingen beschäftigt bin, einfach nebenbei und ohne mir explizit Zeit dafür zu nehmen.

Meditation mache ich immer dann, wenn es mir gerade einfällt. Noch viel häufiger aber befasse ich mich mit so genannten Affirmationen: Ich stelle mich vor den Spiegel oder nutze eine Fahrt im Auto, um in einer Art Mantra Sätze wie »Ich bin gesund und voller Energie« oder »Ich liebe und akzeptiere mich ganz genau so, wie ich bin« immer aufs Neue zu wiederholen. Auf diese Weise hole ich mir spürbar Kraft zurück, positive Energie, deren wohltuende Wirkung ich unmittelbar spüre.

Kopfhörer habe ich auch ganz allgemein als guten Schutzschild für mich wiederentdeckt. Ich höre Meditationsaufnahmen oder auch einfach nur Musik, worin ich regelrecht abtauchen kann. Auch hier war die Wirkung überraschend deutlich spürbar: Schon nach ca. einem Monat regelmäßiger Arbeit mit Affirmationen merkte ich, dass ich mich insgesamt wohler fühlte – der Effekt ist wirklich enorm. Im Grunde geht es ja darum, sich selbst das Lob zu spenden, um das man immer wieder kämpfen muss, wenn man es von anderen erwartet. Was auch Konstellationen wie das eigene Verhältnis zu den Eltern beeinflusst, weil man deren »Fehler« oder »Defizite« als weniger schicksalhaft begreift. Die eigenen Eltern haben ihr Bestmögliches getan, den Rest kann man sich selbst geben, wenn man sich auf dieser Ebene ernst nimmt.

Manche Meditationen widmen sich diesem Thema ganz direkt. So nutze ich eine recht häufig, die darauf abzielt, die eigenen Eltern als Kinder zu visualisieren – was zu begreifen hilft, dass auch sie eine Vergangenheit haben, ebenfalls aus Unvollkommenheiten hervorgegangen sind und mit ihren Prägungen kämpfen. Dass sie eigene Bedürftigkeiten in die Eltern-Kind-Konstellation eingebracht haben, die ihnen Grenzen des Gebens auferlegen. Am Ende dieser Meditation werden alle drei Gestalten – du selbst und beide Eltern – ganz klein. So klein, dass man sie alle drei gemeinsam in sein Herz aufnehmen kann. Ein sehr schönes Bild, gerade weil es frei von Hierarchien ist, so dass man sich den anderen viel leichter öffnet, als es gegenüber dem erwachsenen Elternteil möglich wäre. Auch die Vorstellung, sich selbst als kleines Kind noch einmal in den Arm zu nehmen, ist ein absolut positives Gefühl – im Grunde gibt man sich damit ja selbst die Anerkennung und Liebe, nach der man sich früher gesehnt hat. Da braucht es gar keine großartige Aufarbeitung der eigenen Vergangenheit, weil alles, was man braucht oder vermisst hat, auch von einem selbst gegeben werden kann. Auch dieses Gefühl vermittelt eine neue Freiheit, Unabhängigkeit und Selbstbestimmtheit.

Visualisierung

Da ich ein Mensch bin, der stark in Bildern denkt und fühlt, wurde mir schon in einer sehr frühen Phase meiner Erkrankung klar, dass Visualisierungen mich bei meinem Kampf gegen die Krankheit unterstützen können. Die Visualisierungen im Zusammenhang mit der Chemotherapie hatte ich bereits erwähnt: Ich bin davon überzeugt, dass meine kleinen »Gedankenschutzschilde« maßgeblich dazu beigetragen haben, die Auswirkungen der Behandlung auf andere Teile meines Körpers gering zu halten und ich deshalb alle vier Chemotherapien sehr gut vertragen habe.

Aber auch beim Ankämpfen gegen den Krebs habe ich viel mit Visualisierungen gearbeitet. Eigentlich ist es erstaunlich, dass Ärzte dies nicht allen Patienten empfehlen, ist doch die Wirksamkeit solcher Mechanismen zumindest unter Psychologen unbestritten. An zwei Visualisierungen erinnere ich mich besonders gut: Einmal waren es weiße Schachteln, in die ich die Krebszellen gedanklich hineingelegt habe. Diese Schachteln habe ich anschließend im Feuer verbrannt. Ein anderes Mal waren es schwarze Spielzeugkrieger, die mich so bedrohlich angestarrt hatten, dass sie ein gutes Feindbild abgaben – wie der Krebs es auch war. Auch diese Figuren habe ich verbrannt.

Eigentlich geht es bei diesen Visualisierungen immer darum, innerlich zu spüren, dass man Kraft für und Macht über die Vorgänge im eigenen Körper hat, man in der Lage ist, Dinge zu verändern. Das wiederum bringt einen dazu, zu überlegen, was man unternehmen und selbst bewirken könnte, dazu, die richtigen Fragen zu stellen. Und die Erkenntnis, dass alles, was man für seine Heilung braucht, in einem selbst liegt.

Psychologische Betreuung

Seit der Zeit im Krankenhaus bin ich außerdem in psychologischer Betreuung, habe ich eine Therapeutin, mit der ich mich einmal im Monat treffe. Diese Therapie fühlt sich eigentlich weniger wie eine Aufarbeitung nach einer bestimmten Methode an, sondern als etwas, was mir einfach guttut, länger- und mittelfristig dabei hilft, die Situation zu ordnen, mich bei der Beantwortung der Frage nach den Ursachen meiner Erkrankung unterstützt. Die Therapie habe ich angefangen, weil mir an irgendeinem Punkt klar wurde, dass auch eine Bearbeitung dieser psychischen Ebene essentiell für mich ist – als Teil der Heilung auf der Geistebene. Sie hat mir den Mut gegeben, auch wirklich und offensiv ich selbst zu sein, ohne die früheren Hemmungen auch mein Innerstes preiszugeben. Und die Ängste loszuwerden, von denen mir gewiss war, dass sie in irgendeiner Form existieren. Ob es sich dabei um Unverarbeitetes, Spontanes oder heute noch Präsentes handelte, war mir zunächst gar nicht klar. Aber ich wusste, dass dies ein Feld war, das ich auf der Suche nach den Ursachen für meine Krankheit, nach dem, was »schiefgelaufen« war, angehen musste.

Dabei ist es nicht so, dass ich den Wert der Therapie »als solche« inzwischen beziffern könnte, vielmehr ist sie ein weiteres Steinchen im Gefüge meiner Selbstfindung. Am Anfang, also in den ersten Sitzungen, habe ich vor allem meine

Geschichte erzählt, hat die Therapeutin vorwiegend begleitet, Fragen nach dem Verlauf gestellt. Auch das Erzählen
über meine Erfolge hat da eine große Rolle gespielt – und
mir sehr gutgetan. Von der Psychologin bekam ich jede
Menge positives Feedback, Lob und Anerkennung, was die
Schulmediziner ja nie artikuliert hatten. Und sie war dem
so genannten ganzheitlichen und spirituellen Denken und
Empfinden gegenüber sehr aufgeschlossen, so dass ich meine
neuen Erkenntnisse mit einer Person teilen konnte, die sich
auf die Ebene einlässt und meine Gedankengänge wirklich
versteht und akzeptiert. Da ist die Sympathie und Wellen-
länge ein entscheidender Faktor – ohne sie könnte ich mich
nicht so öffnen, dass mir die Gespräche weiterhelfen. Meine
Therapeutin und ich haben sogar Bücher über die geistige
Ebene und den Umgang mit ihr ausgetauscht, so dass sich
auch aus dem gemeinsamen Lesen Gesprächsstoff ergab und
ein gewinnbringender Dialog möglich wurde.

Mit der Therapeutin habe ich auch über meine verän-
derte Wahrnehmung der Umwelt gesprochen, über das, was
sie meine Vulnerabilität nennt. Dabei geht es, ähnlich wie
bei Psychosen, darum, dass es gefährlich sein kann, sich zu
früh wieder zu stark zu belasten. Denn was bleibt, ist die
erhöhte Gefahr eines Rückfalls, die stärkere Gefährdung im
Vergleich zu Menschen, die noch nicht erkrankt waren. Die
gebotene Vorsicht erfordert einfach eine gute Körperwahrnehmung – offenbar noch besser, als ich sie vorher hatte, als
ich doch auch schon meinte, meinen Körper gut zu kennen.
Damals hatte offenbar mein Bedürfnis, gut bzw. nicht durch-
schnittlich sein zu wollen, dieses Einfühlungsvermögen in

mich selbst immer wieder überlagert. Gerade in den Monaten vor meiner Erkrankung war ich in einer Art psychischem Dauerstresszustand, maßgeblich aus aufreibendem Alltag und der Erkrankung meiner Mutter resultierend, der dem Körper sicher genauso schadet, wie eine ungesunde Ernährung. Stress lässt sich natürlich nicht grundsätzlich umgehen, aber es muss eben auch immer wieder Phasen geben, in denen man zur Ruhe kommt. Und die hatte ich damals wohl nicht mehr. Ich wurde weniger leistungsfähig und dadurch noch unzufriedener mit mir selbst, was ich frustriert bekämpfte, anstatt nach den Ursachen für diesen Kraftverlust zu suchen.

Wenn ich heute merke, dass ich in Situationen gerate, wo ich die von mir selbst gesetzten Grenzen überschreite, ärgere ich mich über mich, manchmal sogar sehr. Auch hier gelassen zu bleiben, gelingt mir bisher noch nicht wirklich gut, eine höhere Frust- und Stresstoleranz brauche ich ganz sicher noch. Da spielt auch eine Rolle, dass meine neuentwickelten Ansprüche, die ich gern nicht nur für mich, sondern auch für meine Kinder verwirklichen möchte, immer wieder auch auf Ablehnung oder ihre Alltagsgewohnheiten prallen. Woraus wiederum Ärger oder Frust erwächst. Die Kunst dabei ist sicher nicht, diese negativen Gefühle gar nicht zu haben, sondern schneller wieder aus ihnen herauszufinden. Lieber den Ärger kurz ausleben, dann aber schnellstens ad acta legen. Ein hilfreiches Mittel ist es hier, sich sein Gefühl quasi herauszugreifen, zu beobachten und zu personifizieren – als »Herrn Ärger« zu benennen, der aber eben nicht man selbst ist und dem man auch nicht zu viel Zeit und Aufmerksamkeit geben sollte, weil er nur eigene Energie frisst. Das kann man trainieren, ebenso wie ein Vermeiden von Ärger in Situationen, in denen sich das Ärgern nicht lohnt.

Dazu gibt es eine schöne kleine Geschichte, die bei mir im Bad hängt, mit dem Titel »Die zwei Wölfe«:

Ein alter Indianer sprach mit seinem Enkelsohn über das Leben: »In mir wütet ein Kampf«, sagte er zu dem Jungen und fuhr fort: »Es ist eine heftige Auseinandersetzung zwischen zwei Wölfen. Der eine Wolf ist schlecht – er besteht aus Ärger, Wut, Eifersucht, Habsucht, Größenwahn, Schuld, Groll, Lügen, Stolz, Überheblichkeit und Eigennutz. Der andere Wolf ist gut – er ist Freude, Friede, Liebe, Hoffnung, Gelassenheit, Demut, Freundlichkeit, Freigebigkeit und Mitgefühl. Auch in dir wütet dieser Streit, ja, in jedem Menschen.« »Welcher Wolf wird gewinnen?«, fragte der Junge. Der alte Mann lächelte und sagte: »Der Wolf, den du fütterst.«

Dinge, die mir guttun oder guttaten, im Überblick

Crème Budwig: 100 g Magerquark, 3 Esslöffel Leinöl, 3 Esslöffel Milch, 1 Teelöffel Honig und etwas Gewürz, z. B. Vanille, Zimt, Safran o. ä.

Im Grunde kommt es vor allem darauf an, Quark und Leinöl zu emulgieren, so gut zu schlagen, dass die Öl- und Eiweißmoleküle zu einer Einheit werden. Eiweiß und Fett brauchen einander, um im Körper optimal wirken zu können. Dazu gibt Johanna Budwig Honig, im Ayurveda ein Yoga-vahi, das Stoffe in tiefe Gewebsstrukturen hineinschleust. Honig ist zwar sehr süß, hilft, in geringen Mengen benutzt, aber sehr. Zu dieser Mischung kommt Linomel (aus dem Reformhaus), ein Leinsamen-Honig-Granulat, dass schon aufgeschlossen und deshalb für den Körper leicht verwertbar ist. Dies bringt Ballaststoffe in den Körper, da Quark natür-lich sehr ballaststoffarm ist. Ich mahle mir meine Leinsamen immer frisch in der Kaffeemühle.

Ich esse die Budwig-Creme mit frischem Obst wie Beeren oder selten auf einer Scheibe Vollkornbrot. Schmeckt super lecker! Entweder die süße Kombination oder die salzige Va-riante Leinöl-Quark-Creme ohne Honig mit Zwiebeln oder mit Kräutern der Provence, rotem Pfeffer oder Kräutersalz, über Pellkartoffeln oder violetten Urmöhren.

Wenn Leinöl bitter schmeckt, ist es zu alt oder ent-stammt einer schlechten Sorte. Es sollte möglichst aus einer ununterbrochenen Kühlkette kommen, denn die Alpha-Linolen-Säure, die das Öl so wichtig macht, oxidiert sehr schnell und wird damit wertlos.

Leinöldressing nach Johanna Budwig (für Salat): 3 Esslöffel Leinöl, 3 Esslöffel Milch, 3 Esslöffel Quark, Saft einer halben Zitrone o. Apfelessig, Salz, Pfeffer, Kräuter nach Belieben *Bitte nur die besten Zutaten (Bio) verwenden!*

Zusätzlich zur Budwig-Kost: **Frisch gepresste Säfte** Ich presse mir jeden Tag einen halben Liter Möhren-Apfel-Ingwer-Saft, trinke aber auch Rote-Beete-Saft, viel grünen Tee und Wasser und grüne Smoothies (mit Obst, viel grünem Blattgemüse und Wildkräutern, z. B. Löwenzahn von unserer Wiese).

Entgiftung des Körpers: Leberreinigung (nach Andreas Moritz) und basische Bäder

Misteltherapie (Apfelbaummistel): Eine der schon fast standardmäßig angewendeten pflanzlichen Therapien, der Wirkstoff regt das Immunsystem an. Er wird dreimal pro Woche in steigender Dosierung gespritzt und dient im Grunde dazu, das Immunsystem immer wieder ein bisschen mehr herauszufordern – ein Effekt wie der einer Impfung, der das Immunsystem stärkt. Die Spritzen kann man sich selbst zuhause geben, wie es viele Krebspatienten über Jahre hinweg praktizieren.

Basische Infusionen mit Vitaminen und Mineralien: Diese wirken der Übersäuerung des Körpers entgegen, aber auch den Folgen der Chemotherapie, die ja fast unweigerlich zur weiteren Übersäuerung des Körpers führt. Die Azidose/Übersäuerung ist eine der körperlichen Ursachen für das Entstehen von Krebs, der »Nährboden«. Basische Infusionen enthalten aber auch einige wichtige Vitamine und Inhaltsstoffe, darunter Zink und Selen. Diese Infusionen kann man in der Klinik erhalten, allerdings nicht als Standardbehandlung, sondern nur auf Nachfrage. Ich habe damals Infusionen in der folgenden Zusammensetzung bekommen: Natriumhydrogencarbonat 8,4 % (60 ml), Vitamin B1 (100 mg), Vitamin B6 (100 mg), Zink hyd DL asp (bis 30 mg) , Procain-HCL (300 mg), Glykolipide (100 mg), Selen (1000 ug).

Hypoxie: Diese Behandlung arbeitet gegen die Sauerstoffnot der Zellen an, die Krebs immer zu Grunde liegt. Sie führt zur Ausbildung neuer Mitochondrien. Grundidee dieser Therapie ist die Atmung sauerstoffreduzierter Luft (im Wechsel mit sauerstoffreicher Luft), wobei sich die Anwendung an Vorbildern aus der Natur orientiert. Ein Beispiel sei hier genannt: Grönlandwale, die nördlich des Polarkreises leben, tanken Sauerstoff an der Wasseroberfläche und tauchen dann für über 15 Minuten in die Meerestiefe ab. Wenn sie dann wieder auftauchen, ist die Sauerstoffkonzentration in ihrem Blut und ihren Zellen erheblich abgesunken. Dieser Prozess wiederholt sich am Tag rund 100mal. Sie ernähren sich von Plankton und kleinen Fischen, die ihnen nur ein halbes Jahr zur Verfügung stehen. Die weiblichen Tiere gebären alle 3 Jahre ein Jungtier bis ins hohe Alter von 90 Jahren. In erlegten Walen fand man abgebrochene alte Jagdwerkzeuge, die eine genaue Bestimmung des Alters der Tiere zuließen: manche waren über 200 Jahre alt und bei keinem fand sich eine Krebserkrankung.

Hintergrundinformation: Die Frage von Gesundheit, Krankheit und Alterungsprozessen steht mit der regelrechten Funktion der Kraftwerke unserer Zellen, den Mitochondrien, in direktem Zusammenhang. Mitochondrien sind kleine Zellbestandteile unserer Körperzellen, in denen unsere Energiegewinnung, die innere Zellatmung, stattfindet. Hier wird der eingeatmete Sauerstoff in komplexen Reaktionsschritten auf Wasserstoff übertragen. Dabei entsteht das so genannte ATP (Adenosintriphosphat), eine energiespeichernde Phosphorverbindung. Dieses ATP ist überall dort vonnöten, wo im Stoffwechsel Energie gebraucht wird, d.h. besonders im Gehirn, der Muskulatur und im Leberstoffwechsel. Ist diese Energiegewinnung durch die Schädigung der Mitochondrien in höherem Maße beeinträchtigt, übersäuert der Körper früher oder später und schafft so den Nährboden, auf dem Krebserkrankungen entstehen.

Zusätzlich viel **Sonnen- und Tageslicht + Bewegung** in der Natur. Dies fördert alle Stoffwechselvorgänge, wirkt der Übersäuerung entgegen und ermöglicht die Zufuhr von mehr Sauerstoff über die Lungen in die Zellen.

Anhang:

Bücher, die mir geholfen haben, nicht in Angst und Panik zu verfallen, an meine Heilung zu glauben und selbst etwas dafür zu tun

Andreas Moritz: »Krebs ist keine Krankheit«

Was für ein empörender Titel und was für ein wundervolles Buch! Das beste Buch zum Thema Krebs, wie ich finde. Ich bin tatsächlich davon überzeugt, dass es Leben retten kann. Eine radikal neue Denkweise, aber absolut fundiert beschrieben und vor allem schlüssig und auch für den Laien verständlich erklärt. Wie kann man das, was man (wie ich anfänglich) bekämpft, auf einmal »lieben«? Es ist seit diesem Buch möglich, wenn man offen dafür ist. Andreas Moritz liefert dafür ganz praktische Anleitung. Ich würde mir sehr wünschen, dass es zu einem Durchbruch beitragen möge – auch wenn diesen natürlich die Patienten selbst bewirken müssen. Doch auch wenn es dem Pharma-Kartell ein großer Dorn im Auge sein mag, ist es nicht als Pamphlet gegen kriminelle Machenschaften geschrieben: Es will helfen und bei Betroffenen ein neues Gesundheitsbewusstsein für den eigenen Körper schaffen. Gleichzeitig ist es ein Schlag ins Gesicht der Schulmedizin, so beispielsweise wenn Moritz' Recherchen ergeben, dass Chemotherapie nur bis zu 7 % der solcherart behandelten Patienten eine fünfjährige Überlebenschance bietet. Ohne Therapie lebt man länger und qualitativ besser. Die solchen Aussagen zugrundeliegende Studie habe ich mir ebenfalls angesehen (Prof. Dr. Dr. Ulrich Abel, Universität Heidelberg) – sie ist nur ein weiteres Indiz dafür, wie sehr die heutige westliche Medizin zur Marionette der gewinnorientierten Pharmaindustrie geworden ist.

Bruce H. Lipton: Intelligente Zellen. Wie Erfahrungen unsere Gene steuern

Bruce Lipton veranschaulicht in seinem Buch, was Buddha mit »Beherrsche deinen Geist, dann beherrscht du dein Schicksal« meinte. WIR sind die Meister. Dabei konzentriert er sich vor allem auf die Frage, *warum* verschiedene Methoden der Geistheilung und des positiven Denkens funktionieren können (über das »Wie« gibt es ja schon zahlreiche Methoden beschreibende Bücher, so etwa über Reiki, Selbsthypnose etc.)

Trotzdem wird dem Leser mit diesem Buch der wohl größte Dienst überhaupt erwiesen: Der für die Wirksamkeit so wichtige GLAUBE wird für den Leser nachvollziehbar mit WISSEN unterfüttert und das räumt mit den letzten inneren Zweifeln auf. DANKE Bruce Lipton, für die herrliche Aufbereitung des Themas!

Thomas Hartl, Reinhard Hofer: Geheilt! Wie Menschen den Krebs besiegten

Sie wurden zum Sterben nach Hause geschickt und sind trotzdem gesund geworden. Und ein Arzt ist erstaunt: Sie leben noch? Das gibt es nicht! – Immer wieder hörten die Autoren solche oder ähnliche Sätze von Menschen, die für ihre

Heilung gekämpft haben. Menschen mit tödlicher Prognose und einem unglaublichen Lebenswillen. Menschen, die heute als gesund gelten. Die Autoren berichten von ehemaligen Krebskranken und ihrem Weg zur Gesundheit. Ein Buch für Betroffene und deren Angehörige. Ein Buch für Gesunde und Geheilte. Ein Buch für Menschen, die an die Möglichkeit der Heilung glauben. Besonders angeregt hat mich die hier beschriebene geistige Heilung von Erhard Freitag.

Lothar Hirneise: Chemotherapie heilt Krebs und die Erde ist eine Scheibe. Enzyklopädie der unkonventionellen Krebstherapien

Seit vielen Jahren bereist Lothar Hirneise die Welt auf der Suche nach den erfolgreichsten Krebstherapien und klärt Menschen darüber auf, dass es Alternativen zu Chemotherapie und Bestrahlung gibt. International anerkannt als eine der wenigen Kapazitäten auf diesem Gebiet, beschreibt er in dieser Enzyklopädie der unkonventionellen Krebstherapien seine jahrelange Forschung. Das ist starker Tobak. Dürfen wir (Krebs-)Patienten wirklich selbst daran gehen, die (persönlichen) Hintergründe unserer Krankheit zu erforschen? Alles lag doch bisher in den Händen der Ärzte und der Pharma-Industrie. Ich bin überrascht, mit welcher Selbstverständlichkeit Lothar Hirneise in seinem Buch über Möglichkeiten und alternative Krebstherapien schreibt.

Und doch: Was ist dieses Buch wert, wenn ich es ins Bücherregal stelle und alles so bleibt wie es ist? Jede/r ist aufgefordert hinzuschauen: Was kann ich selbst tun, um wieder gesund zu werden? Was können wir ändern und verbessern, was können WIR ALLE dazu beitragen, dass Menschen gesund bzw. am Leben bleiben. Die neuesten Zahlen der Krebshilfe: 436.000 neue Krebspatienten bundesweit jährlich. Tendenz steigend. Lothar Hirneises Buch ist aktuell wie nie zuvor! Und es zeigt: Es ist hilfreich, wenn Euphoriker und Zyniker aufeinander zugehen. Im Miteinander das Beste herauszufiltern und anzuwenden ist immer noch besser, als sich hinter der eigenen Meinung zu verschanzen. Wir brauchen Ärzte und Heilpraktiker, die zum Wohle der Menschen zusammenarbeiten! Mir hat dieses Buch im Dschungel der Entscheidungen sehr geholfen.

Dr. med. Thomas Kroiss: Heilungschancen bei Krebs. Wegweiser im Krankheitsfall

Die Botschaft dieses hoffnungsstarken Ratgebers: »Keine Panik bei Krebs!« Jeder Mensch besitzt starke Heilungskräfte, die – in Verbindung mit der jeweils richtigen Therapie – sehr gute Chancen bieten, die Krankheit zu überwinden. Ausführliche Erläuterungen des Phänomens »Krebs«, seiner Ursachen und Entstehungsbedingungen helfen, Diagnose und Therapien besser einschätzen zu können. Die gute Nachricht: Neben schulmedizinischen Therapien, die stellenweise ihre Berechtigung haben, gibt es zahlreiche, oft wenig bekannte alternativmedizinische Verfahren, die gute Heilungschancen bieten. Diese spannenden, oft sensationellen Informationen schaffen eine gute Voraussetzung dafür, die eigene Heilung selbst in die Hand zu nehmen.

O. Carl Simonton, Stephanie Matthews Simonton, James Creigton: Wieder gesund werden. Eine Anleitung zur Aktivierung der Selbstheilungskräfte für Krebspatienten und ihre Angehörigen

Dieses Buch gibt wertvolle Aufschlüsse über das Zusammenspiel von Körper, Geist und Seele und beweist, dass es jedem Menschen möglich ist, gesund zu werden und gesund zu bleiben. Gerade bei Krebspatienten, bei denen die Hoffnung auf ein »Heil« ausgesprochen gering erscheint. Die hier gegebenen Visualisierungsanleitungen verhelfen dem Leser zu seinen ganz eigenen Bildern zur Aktivierung seiner Selbstheilungskräfte. Beispielsweise darüber, wie der Krebs aussieht und wie man ihn wieder »entlässt«. Man bekommt sozusagen das »Werkzeug« dafür in die Hand und darüber hinaus Hoffnung und den Mut, wieder gesund zu werden. Ich bin überzeugt, dass jeder, der, und sei es auch nur im Entferntesten, mit Krebs zu tun hat, dieses Buch lesen und die Ratschläge befolgen sollte. Es hilft ungemein dabei, die anfängliche Angst und Ohnmacht im Zusammenhang mit Krebs zu überwinden.

Andreas Moritz: Die wundersame Leber- und Gallenblasenreinigung

Ein sehr kraftvolles Verfahren, um seinen Körper zu entgiften. Ein sehr wichtiges Buch.

Andreas Moritz: Zeitlose Geheimnisse der Gesundheit und Verjüngung

Dieses Buch sollte Pflichtlektüre für alle an echter Heilung und Gesundheit interessierten Menschen sein! Am besten nachdem man die Leber- & Gallenreinigung von Moritz gelesen und ausprobiert hat. Glücklicherweise ist es auch für den nicht medizinisch Vorgebildeten gut zu verstehen. Bei mehrmaligem Lesen gibt es immer wieder etwas Neues zu entdecken. Unglaublich spannend und lehrreich, ohne belehrend zu sein (wenn man davon absieht, dass der Lektor beim Korrekturlesen der Übersetzung offenbar geschlafen hat). Lest das Buch und lernt, dass eure Gesundheit in euch steckt, wenn ihr euren Körper unterstützt, und nicht in Pillen- oder Salbenform von der Pharmaindustrie gekauft werden kann.

Leider zeichnet die Bücher von A. Moritz (und auch andere hier aufgeführte aus kleinen Alternativ-Verlagen) bisher kein gutes Design und Schriftbild aus. Bitte lassen Sie sich davon nicht verschrecken: Die Inhalte sind trotzdem absolut wichtig und Mut machend!

Kurt Tepperwein: Jungbrunnen Entsäuerung

Praktisches Buch zum Thema Entsäuerung und damit zur Beseitigung einer der Hauptursachen von Krebs, der Azidose. Sehr gut listet es alle konkreten Schritte auf, die zu einer guten Entsäuerungstherapie gehören, und erklärt Zusammenhänge mit verschiedensten Krankheitsbildern.

Bernie Siegel: Prognose Hoffnung: Liebe, Medizin und Wunder

Ein Buch, das den zur Gesundung nötigen ganzheitlichen Zusammenhang betont – und das von einem Chirurgen! Bernie Siegel schöpft aus einer jahrelangen Erfahrung im Umgang mit

Krebspatienten und geht dabei für die übliche Krankenhaus-routine ungewöhnliche – weil auf den Patienten individuell abgestimmte – Behandlungswege. Was ich bei Lawrence Le Shan bereits über die persönliche Lebensmelodie erfahren hatte, wurde mir hier noch anschaulicher vor Augen geführt – nichts ist unmöglich! Durch seine unglaublich positive Art vermittelt Siegel nicht nur Hoffnung, sondern auch die reine Lebensfreude. Anhand zahlreicher Fallbeispiele und daraus erwachsenden all-gemeinen Einsichten revolutioniert er die schulmedizinische, auf den Körper als Mechanismus beschränkte Sichtweise und bezieht den seelischen Zustand ein – mit erstaunlichen Resul-taten, die seinen Thesen Recht geben. Sofort unterschreiben würde ich als Krebspatientin seinen Wahlspruch: »Es gibt keine unheilbaren Krankheiten, nur unheilbare Menschen«. Ein Buch, das ich sowohl Patienten als auch Ärzten und An-gehörigen empfehlen würde, um zu erkennen, dass es außerhalb der Schwarzmalerei der Statistiken immer noch das Prinzip Hoffnung gibt. Und dass Hoffnung heilen kann!

Thomas Young: Heilung geschieht. Wenn Wunder sich über Wunden ergießen (CD)
Eine CD, die man ohne Probleme den ganzen Tag laufen lassen kann. So prägt sich der Satz »Heilung geschieht« noch besser in das Unterbewusstsein eines jeden Hörers ein und er wird früher oder später seine Kraft entfalten und Wirklichkeit werden. Davon bin ich überzeugt. Ein großartiger Ansatz: Weg vom ewigen Bekämpfen-Wollen und hinein in die posi-tive Energie. Für mich die beste Meditations-CD zum Thema Selbstheilung: sehr zu empfehlen.

Galina Schatalova: Heilkräftige Ernährung

Eine energetische Lebensmittel- und Heilkräuterkunde für wahre Gesundheit.

Die russische Wissenschaftlerin und Ärztin G. Schatalova beschreibt anhand von praktischen Maßnahmen, wie mit ihrer Methode chronisch Kranke, insbesondere mit Herz-Kreislaufbeschwerden und Krebs, geheilt werden können. In dieser Erweiterung früherer Publikationen schildert sie die Vorzüge heilkräftiger Ernährung und illustriert sie durch konkrete Beispiele aus ihrer langjährigen Arztpraxis (Krankheitsbilder und deren Heilung durch heilkräftige Ernährung). Außerdem liefert das Buch viele Tipps zur gesunden Gestaltung des Alltags mit Bewegung, Schlaf, Atmung. Mir hat besonders gefallen, dass es viele Vorschläge für Gerichte gibt, die einfach und ohne viel Aufwand zuzubereiten sind. Ein sehr gutes Buch – Ernährungsberatung mit echtem Tiefgang.

Dr. Johanna Budwig: Öl-Eiweiß-Kost

Seit über 40 Jahren behandelt die Wissenschaftlerin erfolgreich schwer kranke Menschen. In diesem (Koch-)Buch erklärt sie ausführlich, wie man durch natürliche Kost gesund wird und bleibt. Lassen Sie sich von dieser brillanten Forscherin zum Nachdenken anregen und lernen Sie eine Ernährung kennen, welche Ihnen die Energie liefert, die Sie benötigen. Die Öl-Eiweiß-Kost ist keine Theorie wie viele andere Diäten, sondern eine Ernährungstherapie, die auf den wissenschaftlichen Grundlagen der Quantenphysik aufgebaut ist und der viele Menschen ihr Leben zu verdanken haben.

Peter Kern: Krebs bekämpfen mit Vitamin B17. Vorbeugen und Heilen mit Nitrilen aus Aprikosenkernen

Ein Buch zum Thema Vitamin B17 und Krebs, das für jeden verständlich und sehr fundiert alles Wissenswerte rund um diesen Stoff darstellt. Ein Buch, das zum Nachdenken anregt und Mut zur eigenen Entscheidung macht. Weder Schul- noch Komplementärmedizin werden einseitig in den Himmel gehoben – ein wichtiges Anliegen des Autors ist ein Zusammenwirken beider Systeme zum Wohl des Patienten.

Mein momentanes Lieblingszitat, aus »Zerbrochen und doch ganz« von Saki Santorelli

Das Maß, in dem wir unseren Vorrat an innerer Stärke im Angesicht von Krankheit, Schmerz oder schwerer Not wiederbeanspruchen, ist das Maß, in dem wir – unabhängig von der Schwere unserer Krankheit oder der Tatsache, ob wir leben oder sterben die Möglichkeit haben, unsere ungeteilte Ganzheit zu berühren. Vielleicht besteht die grundlegendste Arbeit, die Arzt und Patient tun, darin, die Einzigartigkeit ihrer Beziehung anzuerkennen. Meine eigene Erfahrung sagt mir, daß es so ist. Das bedeutet nicht, daß die Rollen dieselben wären, sondern vielmehr, daß Macht und das Gefühl von Begrenzung, Reizbarkeit und Aufregung, Angst und Meisterschaft über sich selbst, Verzweiflung und Mitgefühl, Traurigkeit und Freude sowie all die anderen Kennzeichen von Heilung in beide Richtungen fließen.

Wenn wir als Patient und als Arzt bereit sind, unsere Rollen zu überprüfen, dann haben wir die Chance, unsere Beziehung zu verändern.

36

In dieser Vision liegt der Same für eine neue Medizin begründet, die auf Zusammenarbeit und Einbeziehung des Patienten beruht. In dem vorliegenden Buch geht es genau um diese Suche. Es geht um Menschen, die häufig mit dem guten Willen und der Ermutigung ihrer Ärzte beschlossen haben, die Praxis der Achtsamkeit aufzunehmen und sich wieder auf sich selbst zu beziehen, um von neuem ihren inneren Reichtum zu entdecken. Das ist auch meine Arbeit, und Sie werden mich und mein volles Engagement auf diesen Seiten wiederfinden. Am wichtigsten ist, und das ist meine Hoffnung für Sie, daß Sie sich selbst wiederfinden. Wie bei jeder Reise, so birgt auch diese Risiken; jedes Vertiefen des Charakters bedingt auch einen Verlust. Dennoch bleibt der Entschluß, sich auf eine solche Reise zu begeben, ein entscheidendes Ereignis, ein Ausströmen unverhoffter Gnade, eine unauslöschliche Gelegenheit, um aus dem tiefen Brunnen Ihres Lebens zu trinken.

Ich danke

meiner Freundin Kristina Koebe, für ihre unglaublich wundervolle Hilfe, ohne die es dieses Buch nicht geben würde.

Rüdiger Fuchs, für sein in akribischer und gewissenhafter Weise besonderes Lektorat.

für die Liebe, Worte der Hoffnung, Mut machende Mails und große Herzen. Sehr viele Menschen haben mir in dieser schweren Zeit geholfen, ihnen allen möchte ich hier danken. Mein besonderer Dank gilt:

meiner Mama, die im letzten Jahr gegangen ist und mir mit ihrer Liebe und Stärke das größte Geschenk gemacht hat. Ich habe in dieser recht dramatischen Zeit ihres Sterbens und meiner Empfindsamkeit viel vom Rhythmus des Lebens verstanden.

Ellen, Katja und Marion, die mir nicht nur bei diesem Buch Mut gemacht haben, sondern wirklich für mich da waren, immer und wenn ich es wollte. Best friends forever:-).

Jette, für ihre vielen lieben Briefe und Päckchen und ihre Gedanken aus der Ferne, du bist mir immer sehr nah gewesen.

Susann, die mir immer ehrlich und deutlich ihre Meinung sagte und mich manchmal wach rütteln musste. Liebe Susann, damit hast du mir echt geholfen.

Birschi, für die wichtigen anfänglichen »Fach-Gespräche« und die vielen liebevollen Begegnungen danach und Kai für Segeltrips mit einer »nicht so fitten« Nette.

Martin und Angela, für viele leckere Suppen, und das Gefühl, dass ich euch wichtig bin.

Birgit, für das viele Chauffieren und deine unnachahmlich großherzige Art.

Frank, für die liebevollen Budwig-Kreationen und das herzliche Beisammensein in deinen »Wohlfühl-Räumen«.

Annette und Stefan, für die so liebevolle und unkomplizierte Betreuung von Amon, die kuscheligen Unterlagen und euren Zuspruch.

Torsten und Julian, für die zeitweise »Adoption« von Amon. Dadurch hatte ich Luft und Zeit meinen Weg zu gehen und er hat sich bei euch sehr wohl gefühlt – das erzählt er heute noch;-)

meinen Söhnen Leon und Amon, die mich immer wieder auf die wirklich wichtigen Dinge im Leben aufmerksam machen, mir Kraft geben und mich glücklich machen.

Und das letzte Dankeschön für Lars, den Einen. Alles was ich schreibe, wird dem nicht gerecht, was ich empfinde. Deine Liebe und Hilfe haben mich tief berührt und, wenn du nichts dagegen hast: Für immer oder die nächsten 100 Jahre;-).